SÉRIE VAGA-LUME

Mario Teixeira

SALVANDO A PELE

Ilustrações
Jan Limpens

editora ática

Salvando a pele

Diretor editorial	Fernando Paixão
Editora	Gabriela Dias
Editor assistente	Fabricio Waltrick
Preparador	Agnaldo Holanda
Seção "Almanaque Vaga-Lume"	Patrícia Bomfim
Coordenadora de revisão	Ivany Picasso Batista
Revisoras	Alessandra Miranda de Sá Luciene Lima

ARTE

Adaptação de projeto gráfico	Carlos Magno
Editora	Cíntia Maria da Silva
Diagramadora	Thatiana Kalaes
Editoração eletrônica	Studio 3

CIP-BRASIL. CATALOGAÇÃO NA FONTE
SINDICATO NACIONAL DOS EDITORES DE LIVROS, RJ

T267s

Teixeira, Mario
Salvando a pele / Mario Teixeira ; ilustrações Jan Limpens. – São Paulo : Ática, 2007.
168p. : il. – (Vaga-Lume)

Apêndice
Contém suplemento de leitura
ISBN 978-85-08-11175-6

1. Ecologia. 2. Valores. 3. Beleza física. 4. Literatura infantojuvenil. I. Limpens, Jan, 1970-. II. Título. III. Série.

07-2012. CDD: 028.5
CDU: 087.5

ISBN 978 85 08 11175-6 (aluno)
ISBN 978 85 08 11176-3 (professor)
Cód. da OP: 248557

2024
1ª edição
10ª impressão
Impressão e acabamento: Forma Certa Gráfica Digital

Av. Otaviano Alves de Lima, 4400 – CEP 02909-900 – São Paulo, SP
Atendimento ao cliente: 4003-3061 – atendimento@atica.com.br
www.atica.com.br

SUMÁRIO

1 Atentado no desfile de moda 9

2 O jantar caiu mal 15

3 Garota em apuros 19

4 Lady Seduza mostra as garras 23

5 O NAMA planeja mais um atentado 28

6 O manifesto 35

7 Animais sequestrados 44

8 Lady Seduza na mira do NAMA 51

9 O creme da eterna beleza 56

10 A fábrica de pesadelos 62

11 Lady Seduza quer sangue! 70

12 Os meninos percebem que Maria corre perigo 76

13 Táticas de guerrilha 80

14 Um coelho absurdo 83

15 No covil da serpente 90

16 Alguém que não se vende 93

17 O mapa do inferno 95
18 Um presente mortal 96
19 O rapto dos mendigos 99
20 Gato escaldado 101
21 Lady Seduza fecha o cerco 105
22 Tocaia 112
23 Cobaias humanas 117
24 O segredo de Matias e Sandino 121
25 Lady Seduza de coração partido 125
26 Veneno! 132
27 Mais um cadáver 137
28 A toda velocidade 141
29 O morto-vivo 153
30 O NAMA ataca outra vez 155
Almanaque Vaga-Lume 161
Mario Teixeira 167

Hora de entrar em ação

No mundo de hoje o que não falta é gente individualista, gananciosa e preocupada apenas com a própria aparência. Você, infelizmente, deve conhecer alguém assim. Mas, e o contrário disso? Pessoas do bem, preocupadas com coisas realmente importantes e que ainda lutam por uma causa nobre? Isso já é mais difícil de achar... Se você ainda não encontrou ninguém desse grupo, temos o prazer de lhe apresentar Matias e Sandino.

Esses dois amigos são os fundadores – e únicos membros – do NAMA, Núcleo de Amigos dos Animais, e não medem esforços para defender os bichos da crueldade humana. Invadir um desfile de moda e pichar modelos com estolas, infiltrar-se numa festa chique e colocar laxante no *foie gras* – um patê de fígado de ganso produzido de forma tenebrosa – são apenas alguns de seus atos de protesto, sempre feitos de forma destrambelhada.

É justamente durante uma ação do NAMA que eles conhecem Maria, filha do famoso empresário Saulo Borromeo, que logo em seguida é morto em circunstâncias misteriosas. A viúva – e madrasta de Maria –, Lady Seduza, passa então a dirigir a empresa de cosméticos da família. Lady Seduza é o maior exemplo daquele tipo de pessoa que falamos acima: individualista, gananciosa e terrivelmente vaidosa. Seu plano é criar um creme rejuvenescedor definitivo feito à base de enzimas presentes no fígado do ganso. Seduza ainda mantém um laboratório onde acontecem experiências terríveis com animais. Dá pra piorar? Claro que sim. Mas não vai ser fácil: o NAMA vai entrar com tudo para acabar com as crueldades dessa megera. Se eles vão conseguir, só lendo o livro para saber... Garantimos o suspense e, principalmente, as risadas. Boa aventura!

Para a Maria de verdade.

1 ATENTADO NO DESFILE DE MODA

— Aonde você vai? — perguntou Seduza.

Maria calçava a bota nova que tinha comprado. Era o terceiro par na semana.

— Não interessa.

Seduza apertou os olhos.

— Pirralha! Hoje seu pai vem jantar em casa, o que é muito difícil. Esteja aqui na hora. Remelenta! E essa calça rasgada? Não tem a menor classe...

— E você então? Silicone na boca, cabelo com alisamento japonês — disse a menina. — Parece até uma perua desgovernada.

— Olha o respeito. Sou casada com o seu pai.

— E eu sou a herdeira das empresas Borromeo. Quando meu pai morrer, vou ficar com tudo.

— Menina sem coração. Fica torcendo para o próprio pai bater as botas.

— Vou te colocar no olho da rua, sua interesseira.

— Vamos ver. O seu pai me ama.

— Ama nada! Ele só amava a minha mãe!

— Ama sim. Não foi ele quem pagou esse botox, a escova progressiva e as joias que eu estou usando? Isso é amor.

— Falsa.

Seduza mostrou o dedo num gesto feio.

— Gostou do meu anel? Custou a sua mesada de dois anos.

Maria ficou furiosa. Jogou a bota que estava calçando para acertar a madrasta, mas ela já tinha fechado a porta.

— Perua!

Seduza abriu uma fresta:

— Pirralha mimada! — E bateu a porta de novo, antes que Maria respondesse.

Maria foi buscar o calçado, pulando num pé só.

— Meu pai tinha que casar com essa perua? Que mau gosto!

Com raiva, deu um chute no pé da cama.

— Ai!

* * *

Maria entrou no carro e ordenou:

— Motorista, prédio da Bienal. E depressa, que eu já estou atrasada!

O motorista obedeceu. O Mercedes saiu rápido, sem fazer barulho.

O carro com os dois seguranças acelerou atrás deles.

Maria ia a um desfile de moda. O destaque da coleção eram casacos feitos de pele de filhote de foca, tão fofinhos que era como vestir um floco de algodão, dizia o estilista. Ela era a convidada especial. Quem não ia querer a mais rica herdeira do país na primeira fila? Além do mais, a empresa de cosméticos do seu pai patrocinava o evento.

Quando chegou, os *flashes* começaram a espocar. Ela entreabriu a boca, apertou os olhos e sorriu para as câmeras.

Os fotógrafos se acotovelavam à sua volta.

Foi levada a um lugar especial na primeira fileira, ao lado das pessoas mais influentes da sociedade. O governador do Estado levantou para ela passar.

— Recomendações a seu pai.

O pai de Maria fora o maior doador de sua campanha.

Maria sorriu para o governador. Os fotógrafos capturaram esse momento.

* * *

Quarenta minutos de atraso. Maria se remexeu na cadeira, incomodada. Finalmente, o desfile teve início.

A primeira modelo, equilibrada em inalcançáveis saltos plataforma, estava passando mal. Naquele calorão, enfiada num casaco de pele, suava febril. Ainda por cima, tinha almoçado três folhas de alface-crespa, duas rodelas de tomate cereja e um rabanete: não estava acostumada a tanta comida. Mas aguentou firme.

Ninguém viu que dois garotos se esgueiravam pela borda da passarela.

Usavam aventais brancos salpicados de vermelho. Tinham uma atitude suspeita, diriam mais tarde os policiais.

O mais baixinho enfiou um capuz e pulou no tablado. Caiu ao lado de uma modelo tão alta que achou que era um pilar.

— Parem o desfile! Assassinos de filhotes! Carniceiros!

— Liberdade para as focas!

Os seguranças ficaram atentos e começaram a falar nos aparelhinhos acoplados ao ouvido.

O garoto mais alto, que também tinha escondido o rosto, tirou uma lata de tinta *spray* do bolso do avental.

— Isso é o sangue de animais inocentes!

— Liberdade! Abaixo a crueldade!

As modelos corriam apavoradas. Parecia um palmeiral quando venta forte.

— Ali, Matias! Acerta aquela!

— Não fala o meu nome, sua besta!

As modelos pulavam feito grilos, as pernas compridas.

— Aaaiiiiiii!

— Eles me sujaram de tinta!

— Segurança!

Os garotos desceram da passarela e atravessaram a saída de incêndio.

— Seguranças! Seguranças, peguem aqueles dois!

Maria se levantou depressa. Não perderia aquilo por nada deste mundo!

Quando passou pelo governador, viu que a primeira-dama estava toda respingada de tinta vermelha. Que trabalhão a coitada ia ter para tirar aquela meleca do cabelo...

* * *

PARADOS AÍ!

Matias e Sandino, os atrapalhadores do desfile, saíram correndo. Haviam estudado a planta do prédio. Sabiam direitinho por onde escapar.

Mas não contavam que um Mercedes preto estaria fechando o caminho.

Uma mão enorme ergueu Sandino do chão. E olha que ele pesava quase cinquenta quilos! Matias tentou correr para o outro lado, mas foi agarrado pelo pescoço. Os pés ficaram se mexendo no ar. Que dor na orelha!

Uma menina abriu a porta do carro.

— Coloquem os dois aqui dentro!

* * *

— Que ideia — disse a menina que os tinha resgatado. — Invadir um desfile de moda pra pichar casacos de pele! Vocês não têm mais o que fazer?

— Isso é o que a gente faz — explicou Matias. — Somos do NAMA.

— NAMA?

— Núcleo de Amigos dos Animais.

— A gente é terrorista — disse Sandino.

— Terroristas? Dois pirralhos?

— Já tenho onze anos — falou Matias, ofendido. Como era baixinho, todo mundo sempre achava que ele era mais novo. E ele não queria que Maria também pensasse isso.

— Eu também tenho onze — ela disse.

— E eu — acrescentou Sandino.

— Onde vocês estudam?

— Colégio Marechal Floriano.

— Nunca ouvi falar.

Matias e Sandino se entreolharam. Que menina mais esquisita!

— E onde você estuda? — perguntou Matias.

— Na Escola Americana.

Matias e Sandino não conseguiram disfarçar a admiração. Se era americana, devia ser cara.

— Nunca vi um terrorista desarmado — ela comentou.

— Até parece que você já viu um terrorista!

— Meu pai estava em Nova York no dia do atentado do 11 de setembro.

Os dois ficaram de boca aberta. Caramba!

— Terrorista que se preza tem que ter metralhadora.

— Somos contra o uso da violência — explicou Matias. — Invadimos, bagunçamos e xingamos todo mundo que maltrata os animais. São ações positivas, sem violência. Também não destruímos propriedade alheia.

— Estragaram o vestido da mulher do governador.

Ela riu bem alto. O segurança-motorista olhou pelo retrovisor.

— Quer dizer que vocês fazem parte de um desses grupos chatos de proteção aos animais?

— Chata é você — devolveu Sandino.

— Não sei pra que tanto barulho. Não tem nada demais usar um cinto de crocodilo, uma bolsa, um sapato de couro de cobra.

— Isso porque você não é a cobra.

— Quer saber? Cansei. Motorista, pode parar aqui. Esses dois vão pegar o ônibus.

O Mercedes encostou rapidamente. O segurança ajudou os dois a descer, puxando-os pela camiseta sem nenhuma educação.

O carro arrancou. Matias e Sandino ficaram lá, em pé. Estavam embaixo da ponte Cidade Jardim, na Marginal Pinheiros, uma via expressa enorme que margeia a cidade. Se quisessem pegar um ônibus, teriam que atravessar a pista no meio do tráfego, que àquela hora era pesado de caminhões fumarentos.

— Você e sua boca grande! — esbravejou Matias.

Sandino deu de ombros.

2 *O JANTAR CAIU MAL*

Tadeusz, o mordomo dos Borromeo, colocou os talheres na mesa. Eram de prata e cada um tinha as iniciais da família gravadas em baixo-relevo.

Seduza foi a primeira a entrar na sala de jantar. Usava um conjuntinho de *cashmere* que custava uns vinte salários mínimos, o mordomo fez as contas.

— O jantar está pronto?

— Sim, Lady Seduza. É só mandar servir.

A criadagem da casa só podia se dirigir a Seduza como Lady Seduza.

Maria entrou, usando chinelo.

— Isso é jeito de se apresentar para o jantar? Parece uma trombadinha!

— Fecha o bico, perua. Glu, glu.

— Maria, não fale assim com a Seduza!

Era o pai, que vinha entrando. O *poodle* de Seduza se enroscava em suas pernas, e ele fazia força para se livrar. Acabou pisando na pata do coitado. O cachorrinho ganiu e entrou embaixo da mesa.

— Já disse que você não deve falar assim com as pessoas.

Maria fechou a cara e fincou o cotovelo na mesa. A madrasta fez que não viu a provocação.

Saulo sentou-se na cabeceira da mesa de dezoito lugares e ergueu a pontinha da toalha. O tampo brilhava tanto que ele acertou uma mecha do cabelo que estava fora de lugar, como se estivesse diante do espelho. "Aquele implante funcionou mesmo", pensou. "Preciso recomendar para o prefeito."

— O que temos para o jantar?

— Suflê de camarão. O seu prato preferido.

— PAI, HOJE EU VI UM ATENTADO TERRORISTA!

Tadeusz terminou de colocar a mesa. Ela era tão grande que Maria precisava gritar para ser ouvida.

— O atentado no desfile de moda? Ouvi a respeito no rádio. Falei para a secretária mandar flores para o governador e a esposa. Parece que, na correria, ela torceu o pé. Eu queria estar lá pra ver.

— Gentinha — disse Seduza.

Maria continuou, animada.

— Era um grupo de proteção aos animais.

O pai sorriu para ela. Maria era tão sozinha. Ele gostava de ver a filha assim alegre.

— Um bando de desordeiros! — disse Seduza, servindo-se de um aspargo. — Mandei fazer o suflê de camarão do jeito que você gosta, querido. Sem creme de leite. Por causa do seu estômago.

— Obrigado, querida.

— Eu quero cachorro-quente — disse Maria. — Odeio suflê.

— Mas, Maria, você sempre gostou de camarão — falou Seduza. Parecia decepcionada. — Coma um pouco...

Tadeusz entrou com uma travessa de suflê.

— Só um pouquinho, Maria.

Maria nem se deu ao trabalho de responder.

— Só o senhor vai comer, doutor Saulo? — perguntou o mordomo.

— Só ele e a Maria — disse Seduza. — Eu estou de regime.

— Eu não vou comer suflê nenhum. Vou comer cachorro-quente. E vai ser esse aqui! — gritou Maria, pegando o *poodle* de Seduza, que ganiu com medo e correu para o colo da dona.

— Deixe o bicho em paz, Maria — disse Saulo.

Tadeusz colocou duas colheradas de suflê no prato do dono da casa.

— Assim está bom, Tadeusz. Obrigado.

Começou a comer.

Tadeusz saiu.

— Formidável esse suflê, querida!

O doutor Saulo, que era louco por suflê de camarão, maluco mesmo, enfiou outra garfada na boca.

— Coma devagar, querido.

— Estou comendo!

Maria riu ao ver o pai tentar falar de boca cheia. O pai riu também.

— Os bichos estão vivos!

Maria soltou uma gargalhada. O pai riu também, espirrando comida pelo nariz.

— Camarões voadores!

— Querido — repreendeu Seduza —, que porcaria!

Maria e o pai riam. Os dois se entendiam. Isso deixava Seduza maluca de ódio. Nessas ocasiões tinha que tomar três comprimidos para conseguir dormir.

— Uma delícia, querida!

Seduza bebeu um gole d'água.

— Mandei fazer especialmente pra você, meu amor.

Seduza não tirava os olhos dele.

O doutor Saulo começou a se servir novamente, mas teve que parar por causa de um acesso de tosse.

— Dá tchau pro avião, pai!

O pai obedeceu. Era uma antiga brincadeira dos dois. Tentou sorrir para Maria, mas não conseguiu. Estava ficando vermelho.

— Engasgou, querido? Tadeusz, um copo d'água para o doutor Saulo — gritou Seduza.

O pai de Maria coçou o olho com o guardanapo, que ficou sujo de vermelho.

— Querida, tinha beterraba no suflê?

Maria se levantou.

— Papai! Tá saindo sangue do seu olho!

— Sangue?

De verdade! O pai de Maria sangrava pelos olhos.

O doutor Saulo piscou, duas lágrimas escarlates escorreram por suas faces. Um fio grosso de saliva escapou dos lábios. Ele apertou a barriga com as duas mãos. Levantou, afastando a cadeira com força, derrubando-a. E caiu, levando a toalha da mesa junto com ele. Os pratos desabaram, a louça se espatifou.

No chão, o doutor Saulo tremeu, um espasmo fez seu pescoço ficar duro. Parecia um arrepio, só que maior. Ele vomitou. O cachorro correu para lamber.

— Chanel! — gritou Seduza. — Sai daí, Chanel!

Saulo teve uma convulsão, uma coisa assim como um soluço gigante, só que muito pior. Sabe aquela torcida que o peixe dá no anzol? O desespero.

Maria tentou gritar, mas não conseguiu. A voz ficou presa.

Tadeusz largou o copo d'água e tentou ajudar o patrão. Mas era tarde.

O doutor Saulo Borromeo, pai de Maria, estava morto.

3 GAROTA EM APUROS

Sandino chupou o picolé de uva com tanta força que a cor desapareceu, ficou só o gelo.

— Caramba, até a minha orelha ficou gelada.

— Fica quieto, Sandino. Estou tentando ler o jornal.

Matias sempre lia a coluna social. Queria saber onde eram as festas da alta-roda. Festa chique sempre tem casaco de pele, estola de arminho e sapato de tudo quanto é tipo de couro. Estola é um tipo de xale. Arminho é o coitado de um bicho peludo.

— Sabia que até couro de arraia eles estão usando para fazer sapato?

Sandino tinha quebrado o palito do picolé e estava usando para palitar os dentes do fundo.

— Aquele peixe que parece uma pipa?

— É.

Matias deu um pulo.

— Olha só! A menina que salvou a gente!

No primeiro caderno, embaixo do nome do jornal, estava a foto de Maria, chorando, amparada pela madrasta.

Sandino leu por cima do ombro de Matias:

— "Lady Seduza Borromeo e Maria, sua enteada."

Matias começou a ler a matéria:

— "O velório do empresário Saulo Borromeo, presidente das Empresas Reunidas Borromeo, começou às dez da manhã. A sociedade chora a morte de um de seus principais beneméritos..."

— O que é benemérito?

— Benemérito... benemérito é benemérito, ora.

— Você também não sabe.

— Benemérito deve ser quando a gente ganha bem — disse Matias. — O cara era rico pra caramba.

— Quando eu crescer, vou ser benemérito.

— "O corpo do empresário" — continuou Matias —, "mantido numa câmara criogênica, será velado até amanhã. O féretro seguirá diretamente para a Corporação Criotec, onde terá início o processo de congelamento..."

— Congelamento?

— "O corpo será conservado a uma temperatura de 176 graus abaixo de zero."

— Congelamento? O cara vai ser congelado?

— Vai. E, no futuro, quando a medicina estiver bem avançada, ele pode até ser ressuscitado. Está escrito aqui.

— Caramba.

— Coisa de gente rica.

— Que mais?

— "O porta-voz da Presidência da República anunciou que o presidente confirmou presença."

— Caramba, até o presidente...

— Aqui diz que ele era tão rico que a fortuna dele equivalia ao PIB do Butão, da Somália e da Colômbia juntos.

— Caramba! O que é PIB?

— Sei lá. E ele era pai da Maria! Agora ela ficou órfã!

— Coitada. E a gente vai?

— Aonde?

— No enterro. Se até o presidente vai estar lá, é porque ele era muito rico e importante. O lugar perfeito pra uma ação do NAMA — sugeriu Sandino. — Já sei! Eu fico no caixão no lugar do morto, na hora agá dou um pulo, assusto todo mundo e a gente dá no pé!

Está visto por que os planos de ação eram sempre ideia do Matias.

— Não. Nem pensar. É um velório. A família não merece isso. Além do mais, não tem caixão, o pai da Maria vai ser congelado.

— Tá certo. Aquela menina tem o nariz empinado, mas a gente tem que respeitar a dor das pessoas.

— É verdade. Morte é uma coisa muito triste. Imagine só perder o pai... Nem aquela entojada merece uma coisa dessas.

— Coitada.

Os dois ficaram olhando para o chão. Sandino pegou o jornal.

— Ela está bem diferente aqui. Parece perdida no mar sem saber nadar.

* * *

Maria entrou em casa. Tadeusz acendeu a luz.

— Vocês podem ficar lá fora — Seduza falou para os empregados. — Eu e minha filha precisamos de um momento sozinhas.

— Eu não sou sua filha.

Seduza sorriu. Mal encostou a porta atrás de si, fechou a cara.

— Pro quarto, pirralha.

— Eu vou se eu quiser.

— Eu falei pro quarto, remelenta!

— Sebosa!

— Olha como fala comigo! Meu nome é Lady Seduza!

— Lady Sebosa!

Foi então que aconteceu uma coisa que Maria não esperava: a madrasta a agarrou pelos cabelos.

— Ai!

Deu um beliscão.

— Ai, ai!

O olho de Seduza brilhava de um jeito esquisito. E não era a lente de contato azul!

A menina começou a chorar.

— Sua...

Maria nem achava um xingamento do tamanho daquela maldade. Seduza aproveitou para tascar-lhe um tapa. Na cara!

Ela ficou tão chocada que parou de chorar.

* * *

Maria se trancou no quarto. Aquela bruxa tivera a ousadia de bater nela! Mas a Sebosa ia ver só o que era bom pra tosse!

Maria procurou o telefone sem fio. Estava embaixo do travesseiro.

— Vou telefonar pro advogado e exigir que aquela megera vá pro olho da rua!

Maria apertou a primeira tecla, mas o telefone estava sem linha. Correu para pegar o celular. Estava mudo.

— Que droga — ela disse, jogando o telefone em cima da cama.

Ainda não sabia, mas Seduza mandara cortar a linha de telefone do seu quarto e tinha cancelado a conta do celular.

Maria pegou o retrato do pai de cima do criado-mudo. Lembrou que eles costumavam achar graça daqueles nomes: criado-mudo, língua de sogra, baba de moça. E chorou de saudade.

No dia seguinte, Seduza a impediu de ir à cerimônia de congelamento do corpo do pai. Pediu escusas aos convidados pela ausência da enteada, alegando que "ela não tinha condições emocionais para comparecer às exéquias". Todos entenderam e ficaram consternados.

Enquanto Saulo Borromeo era congelado, a filha era sedada pelo mordomo Tadeusz.

Tadeusz era o único empregado remanescente da casa.

É preciso falar mais a respeito de Tadeusz. Quando era pequeno, ele era fogo. Você deve conhecer algum garoto impossível, você mesmo pode ser um garoto impossível, mas Tadeusz era tenebroso. Sinistro. Um menino caladão, ensimesmado.

Uma vez, um colega disse que seu pai era um bêbado.

— Bêbado e doido!

Foi na aula de ciências. Tadeusz deu um banho de ácido no garoto. Foi parar no reformatório.

Mais ou menos nessa época, o pai dele desapareceu e nunca mais foi visto. Tadeusz, que então se chamava João Tadeu, ficou no reformatório de vez, e lá aprendeu tudo que era coisa ruim. Tornou-se ainda pior do que já era.

Quando fez vinte e um anos, foi liberado.

Como era muito inteligente, ingressou na faculdade de Farmácia, de onde foi expulso por indisciplina. Estava sempre explodindo coisas e matando animais com suas fórmulas inesperadas.

Uniu-se a uma gangue de assaltantes de banco. Desenvolveu um explosivo poderoso, uma mistura de ácido X48 com sumo de casca de limão, que eles usavam para explodir carros-fortes e cofres.

Enjoou e foi trabalhar na Colômbia.

Lá teve contato com traficantes. Sempre com os conhecimentos da faculdade, criou uma nova droga. Para conservar o segredo da fórmula entre eles, seus cupinchas quiseram matá-lo, numa manobra que eles chamavam de "queima de arquivo", coisa comum entre bandidos. Tadeusz levou quarenta e dois tiros e foi enterrado vivo. Mesmo assim sobreviveu. Vingou-se de todos os comparsas, chacinando a família de cada um.

De volta ao Brasil, foi trabalhar para Seduza.

O mordomo adorava ler. Mas lia um tipo diferente de literatura, sobre sapos, cobras e bichos rastejantes. Até de carrapatos sanguinolentos ele gostava. Sabia que a peçonha do escorpião de dorso rajado era mortífera, tanto quanto a saliva da aranha barriguda da Tasmânia. E que a mistura dos dois era uma substância letal: matava em segundos. A vítima vertia sangue pelos olhos e estrebuchava até morrer. O efeito era muito parecido com o do veneno arsênico.

4 LADY SEDUZA MOSTRA AS GARRAS

Seduza não perdeu tempo para deixar tudo do seu jeito. Além da governanta, despediu os dezesseis criados da mansão, os trinta e quatro seguranças e mandou pintar as paredes de salmão, sua cor preferida.

O fiel Tadeusz executou todas as suas ordens.

Só uma coisa a perturbava: o testamento do marido, que determinou que seria congelado e guardado numa câmara criogênica. Saulo nunca havia falado a respeito.

"Eu só não contava com isso. O corpo guardado no congelador. Tomara que falte energia."

A madrasta de Maria também tinha mandado trocar a fechadura do quarto da enteada por uma que só abrisse do lado de fora. Sim, acredite: Maria era prisioneira em sua própria casa!

Seduza também tinha demitido toda a diretoria das empresas. Mandara colocar gente da sua confiança em todos os quadros.

Os novos executivos nunca davam bom-dia ou boa-noite, só demitiam quem Seduza tinha se esquecido de demitir. Milhares de famílias ficaram no olho da rua. Naquele ano, muitos não teriam Dia da Criança nem Natal.

Lady Seduza odiava o Natal. "Por quê?", você deve estar pensando. "No Natal a gente ganha presente!" Simples: porque o Natal deixa as crianças felizes. E nada era mais detestável para Seduza do que um menino ou uma menina sorridente.

* * *

Maria definhava, como uma plantinha que para de ser regada. A covinha do seu queixo estava cada vez mais funda.

Chorava. Mas agora não era de tristeza, era de ódio.

Ela só chorava de tristeza quando ficava sozinha e se lembrava do pai. Mas a saudade desaparecia quando Tadeusz dava-lhe uma injeção, e ela dormia cada vez mais.

Enquanto Maria era torturada sob sua orientação, Seduza preparava uma nova investida: a compra da maior fábrica de enlatados da América Latina, cujo produto mais famoso era o patê de fígado de ganso, que rivalizava com o francês.

Só que o dono da centenária fábrica de enlatados Xavier não queria vendê-la.

Mesmo assim, Seduza não sossegava. Desde a morte do marido, não admitia um não. Fez uma, duas, três propostas, em real, dólar, euro e libra, até chegar à derradeira oferta, de muitos milhões. Os próprios consultores financeiros de Seduza desaconselharam a compra. A fábrica não valia tanto assim.

— Eu compro e pronto!

— Por que, Lady Seduza?

— Adoro *foie gras*.

Era mentira. Seduza tinha outras razões além do seu paladar. Mas guardava segredo. Sabia-se apenas que as Empresas Reunidas Borromeo estavam revolucionando o mercado financeiro com investimentos astronômicos e aquisições milionárias. Comentava-se até que ela havia contratado um cientista célebre agraciado com o prêmio Nobel. No mundo dos negócios, suspeitava-se de que a compra da fábrica centenária era apenas o começo.

Os herdeiros ficaram ouriçados com a dinheirama, e pressionaram o avô a vender. Pediam, imploravam, brigavam, e nada! O velho era fogo! Não andava, não falava, mas dava bengaladas e encerrava a questão. Não, não e não!

Tanta teimosia deixou fulo um dos herdeiros da fábrica, Bartolomeu Xavier de Mello Madeira Júnior, o Junito.

Junito era um homem ocupado. Dormia até o meio-dia, tomava café e depois voltava a dormir, porque ficava cansado. À noite, tinha tantos compromissos que mal podia tomar o seu uisquinho em paz. Não podia nem sequer pensar em trabalhar, de tanta coisa que tinha para fazer.

Um belo dia, quando Seduza estava na câmara de bronzeamento artificial de uma clínica de beleza, ele foi falar com ela.

— Com licença, tenho a honra de falar com Lady Seduza Borromeo?

Seduza, meio ofuscada por causa do protetor de olhos, piscou um pouco e respondeu que ela era sim.

Junito a convidou para jantar.

Os dois se entenderam como pão e manteiga. Descobriram até que frequentavam o mesmo salão de beleza.

— Que coincidência!

Junito piscou o olho e disse que convenceria o avô a vender a empresa para ela. Em troca, só queria uma pequena comissão de 10 milhões.

Seduza sorriu, melosa.

— Você vai ganhar muito mais.

* * *

Dois dias se passaram.

Nenhum telefonema de Junito.

Seduza estava ficando com ódio.

— Aquela besta jurou que ia convencer a múmia a me vender a fábrica!

Sempre que ficava brava, franzia os lábios e ficava com ruguinhas de expressão. Isso a deixava maluca.

— Eu não aguento tanta incompetência! Fico fora de *si*!

Tadeusz, que era muito esperto, não fazia a menor questão de corrigir os absurdos gramaticais da patroa. Limitou-se a pegar o telefone sem fio e ligou para Junito.

— O celular está fora da área de cobertura, Lady Seduza.

Seduza não podia mais esperar. Decidiu ir atrás de Junito.

O *bon-vivant* a esperava no apartamento dele, com uma garrafa de champanhe.

Mal Seduza atravessou a porta de dedo em riste, pronta para desancá-lo, Junito tascou-lhe um beijo daqueles de desentupir pia. Ela pediu cuidado, porque tinha feito um implante nos lábios recentemente.

— Colágeno.

— Não se preocupe, minha *lady*.

* * *

Seduza pagou os advogados e Junito tentou interditar o avô, alegando incapacidade para gerir os bens da família.

Durante a audiência, o velho deu uma bengalada no tataraneto que quase lhe rachou a cabeça. Ele levou seis pontos no cocoruto. Os advogados de Junito impetraram novo recurso contra o patriarca.

O juiz indeferiu o pedido (indeferir é, nesses casos, quando o pedido não é atendido. Coisa de advogado). Já que o réu era capaz de dar bengaladas, isso atestava que ele não era incapaz coisa nenhuma.

A pendenga ia se arrastar por anos na barra dos tribunais.

— A coisa vai longe — disse Junito.

Seduza não era mulher de esperar.

Por ser uma *lady*, admitiu a derrota e mandou uma caixa de bombons para o velho. Ainda mandou Tadeusz enfeitar o mimo com um laço de fita.

Junito achou a atitude muito nobre, digna de uma dama.

O velhinho ficou orgulhoso de sua vontade de aço e traçou toda a caixa de bombons, sem deixar nem unzinho para os bisnetos.

– Hum... são de amêndoas. Delícia.

Naquela mesma noite, o velho patriarca começou a tossir, engasgar e babar. Até cair morto. Dizem que chegou a chorar sangue.

Seduza comprou a fábrica de porteira fechada, que é como se diz no mundo dos negócios quando os móveis, quadros e escrivaninhas vão junto com o prédio. Até as máquinas de cafezinho.

Os consultores das empresas Borromeo continuaram condenando a compra. Mas ela não ligava. Adorava *foie gras* e pronto! Pelo menos, era isso que ela dizia.

Como você não é bobo nem nada, sabe que Seduza pensava em outra coisa, mas ninguém desconfiava, nem mesmo Junito, que havia se tornado seu namorado.

A aquisição da famosa empresa foi anunciada em todos os jornais. A imprensa especializada dizia que Seduza era uma empresária inovadora, arrojada, uma verdadeira "capitalista selvagem". Ela gostou.

— Eu sou mesmo uma pantera.

O alarde foi tamanho que a morte do velhinho passou despercebida. O médico legista assinou o atestado de óbito: infarto do miocárdio. Depois pediu demissão e foi morar numa ilha paradisíaca. Como ele conseguiu isso com o ordenado de funcionário público é um mistério.

5 O NAMA PLANEJA MAIS UM ATENTADO

Matias, de olho nas notícias da internet, anunciou os novos planos para Sandino.

— Vai ser uma invasão a uma fábrica de enlatados!

Sandino pegou o *mouse*, moveu o cursor e clicou na matéria.

— Em quê?

— Uma fábrica de comida em lata.

A notícia detalhava a compra dos Enlatados Xavier pelo conglomerado Borromeo.

— Borromeo — acrescentou Sandino. — Não é o sobrenome daquela menina que salvou a gente na ação do desfile de moda, a Maria? Aquela que o pai foi congelado?

— É. As empresas são da família dela.

— Nossa. E o que a gente vai fazer lá?

— Sabe como eles fazem *foie gras*? — perguntou Matias.

— Não sei nem o que é isso.

— É patê de fígado de ganso.

— Caramba.

— Eles fazem o bicho comer tanta porcaria que o fígado fica maior do que um balão de aniversário.

— O que eles dão pro pobre do ganso?

— Um tipo especial de comida pro fígado inchar.

— Que tipo?

— Sei lá! Só sei que ele come, come... até estourar.

— Coitado do bicho. A gente precisa fazer alguma coisa.

Matias ficou pensativo.

— Tá pensando em quê? — perguntou Sandino.

— A Maria é dona da empresa que tortura animais.

— A culpa não é dela. A fábrica é da família.

— Isso é verdade.

Matias bocejou.

Se deixasse, Sandino passava o dia ali, no quartel-general, que é como eles chamavam o seu quarto.

O cômodo, aliás, era uma desordem. Cartazes de campanhas ambientalistas eram tantos que não se via a parede.

O pai detestava.

— Parece uma maloca!

Matias nem ligava.

Sabia onde estava cada coisa; se alguém mexia, ficava desesperado. Por isso ele mesmo faxinava o quarto, que tinha um aviso na porta: "ENTRADA PROIBIDA".

Depois que Sandino foi embora, ele abriu a gaveta da escrivaninha e pegou uma pasta 007. Girou a fechadura de segredo até acertar a combinação numérica que só ele sabia e tirou lá de dentro uma fotografia que tinha copiado da internet.

Ele beijou a foto de Maria.

Lúcia, a irmã de Matias, abriu a porta sem bater.

— A mãe tá chamando. Pra ir na mercearia.

Matias tentou esconder a foto, mas não deu.

— O que é isso?

— Não interessa.

Lúcia deu um pulo e pegou o retrato.

— O que é isso? Uma foto de menina?

Matias ficou bravo. Agarrou a foto antes que a irmã visse de quem se tratava.

— Me dá isso aqui!

Mas ele não contava com a curiosidade feminina.

— Deixa eu ver!

— Não.

Houve uma breve escaramuça. A foto se rasgou.

— Olha o que você fez!

Lúcia tratou de dar no pé.

— Chata!

Ainda ouviu a voz dela no corredor:

— O Matias tá namorando! Tá namorando!

Matias ficou vermelho.

* * *

Maria ficou sabendo da nova aquisição de suas empresas pela própria Seduza.

— Por que não fiquei sabendo antes? As empresas são minhas! Você não pode sair gastando o meu dinheiro por aí.

— Eu tenho planos.

— Mas é tudo meu!

— Criatura, não me faça perder a cabeça.

— Você está roubando o meu dinheiro.

Seduza suspirou.

— Estou aqui por outro motivo.

— O que é?

— Você vai ganhar um papai.

Bartolomeu Xavier de Mello Madeira Júnior, o Junito, havia pedido a mão de Seduza.

* * *

Como você sabe, era essa fábrica, o novo empreendimento de Seduza, o alvo de Matias e Sandino.

Para comemorar a mega-aquisição, haveria uma grande festa anunciada por Lady Seduza, a nova proprietária da fábrica e mais importante benemérita da sociedade.

— De novo essa palavra — disse Sandino.

Foram olhar no dicionário.

— Aqui — falou Matias, mostrando com o dedo. — Be-ne-mé-ri-to. Quem faz o bem e por merecimento fica famoso.

— Que nem a gente. A gente faz o bem pros animais. Não falei que um dia eu ia ser benemérito?

— É. Mas, por enquanto, a gente vai atacar no dia da inauguração da fábrica.

— Você já tem um plano?

— Tenho.

Sandino ficou animado. Os planos do Matias eram sempre bons.

— Qual?

— A primeira coisa é conseguir um monte de garrafinhas, tipo aquelas de uísque, sabe, bem pequenininhas?

— Pra quê?

— A gente vai esvaziar as garrafas uma por uma!

— Eu não bebo.

— Não é você, tonto — explicou Matias. — Nem eu. Fala logo, onde a gente pode conseguir isso?

— Com o Totonho. Ele guarda tudo que é porcaria!

— Boa!

* * *

Totonho terminou de descarregar a sua carroça. Pedaços de alumínio, papelão e garrafas de todo tipo.

Aquilo ali dava um bom dinheiro.

Totonho havia sido Antonio Manuel Barroso, mas não se lembrava mais. Tinha fama de bebum, porém sofria de uma doença má, mas tão má que era chamada mal de Alzheimer. Essa doença é terrível porque apaga tudo, até a memória de quem a gente gosta.

Vivia na rua, onde dormia toda noite e acordava toda manhã. Dizia que tinha um filho bem-posto na vida, que trabalhava na casa de uma madame do Jardim Europa.

O pessoal do boteco se divertia. Totonho ficava bravo. Todo mundo morria de rir.

— Como é o nome dele, Totonho? — perguntavam os gaiatos.

A resposta era sempre a mesma:

— João Tadeu.

* * *

Tadeusz usou um pilãozinho para esmagar dois comprimidos no fundo de uma tacinha de licor. Misturou com vinagre e mel. Mexeu com uma colherinha. Cheirou.

Junito entrou na cozinha, usando um robe de chambre.

— O champanhe de Lady Seduza está pronto?

Lady Seduza gostava de tomar champanhe na hora de dormir e na hora em que acordava.

Tadeusz mostrou um balde de gelo com duas garrafas e um canudinho.

— Leve antes que o gelo derreta.

Junito tomou um susto com o tom de voz do mordomo. Sempre que via aquele urubu empertigado, tinha um sobressalto e seu coração batia rápido.

* * *

Seduza esperava na cama com uma máscara de abacate na cara.

Junito entrou com o champanhe.
— Trouxe o meu remédio?
— Aqui.
Seduza pegou a taça tipo *flüte*.
— Agora vou dormir como um anjinho.
— Você está mais para diabinha.
— Não me faça rir, que estraga a minha máscara.
— Meu amor.
Junito subiu na cama e fez que ia dar um beijo. Mas desistiu. Não queria ficar todo lambuzado.
— Você devia se livrar daquele sujeito.
— Quem?
— O mordomo. Ele me dá arrepio.
— Está com ciúme?
— Ciúme, eu? Sei que você tem bom gosto.
Seduza bebeu o champanhe pelo canudinho.
— Se eu mexer muito a boca, a máscara racha.
Junito pegou uma taça.
— Acho que você devia dar um sumiço na menina.
— Não. É muito arriscado. Todo mundo está de olho em mim. E não é só porque eu sou linda. Ela é a órfã do ano, a herdeira mais rica da América Latina.
— Não vou com a cara dela.
— Deixa que eu me entendo com a pirralha. Vou mandar pra Suíça. Quem sabe ela sofre um acidente por lá? Esquiando. A pista de gelo é muito escorregadia.
— Você que sabe.
— Faça uma massagem nos meus pés — pediu Seduza, mexendo o dedão.
— Precisa de uma lixa. Esse calcanhar está craquelento.
— Se repetir isso, mando o Tadeusz conversar com você.
— Pezinho de bebê.

* * *

Em seu quarto, Tadeusz preparou uma nova dose de calmante para Maria.

De oito em oito horas, o remedinho.

Tadeusz misturou óleo de linhaça, espinho de rosa moído e extrato de leite de ursa (como os ursos precisam hibernar, o leite das ursas é um sonífero natural. Tinha descoberto isso em suas pesquisas).

Ele mesmo bebia aquilo em doses pequenas, para dormir e esquecer coisas de que não gostava em sua vida.

* * *

O velhinho Totonho era amigão de Sandino, que o levava para jantar em casa sempre que podia. A mãe até que não se importava, o problema era o cheiro. Não era sempre que Totonho tomava banho. Mas Sandino não ligava. A um amigo, a gente releva tudo, mesmo o fedor. Você deve ter um amigo que tem chulé, ou bafo, não é? Todo mundo tem e todo mundo tem um amigo que tem.

Sandino perguntou se ele tinha esse tipo de garrafinha.

— Tenho, mas não dou. Vendo.

— Quanto?

— Um milhão.

— É muito.

— Então, dois milhões.

Matias e Sandino riram.

— Negócio fechado.

* * *

Sandino pulou a janela e entrou no quarto.

A cama ainda não havia sido arrumada.

Em cima do travesseiro, um bilhete da mãe.

"Você esqueceu de arrumar a cama."

Na casa dele era assim, não tinham empregada nem faxineira. O pai era contra.

— Não quero a luta de classes dentro da minha casa!

Havia uma coisa chamada divisão de tarefas: o pai cozinhava, a mãe lavava os pratos e ele enxugava.

Mas Sandino nem se incomodava. Geralmente fazia as coisas cantando.

Sandino tirou a fronha do travesseiro e apanhou uma foto de Maria, que ele tinha recortado de uma revista.

Beijou-a.

"Xi", você deve estar pensando, "Matias e Sandino estão gostando da mesma garota? Isso vai dar confusão".

Sandino estava com a cabeça nas nuvens: "Se ela soubesse do nosso novo manifesto, ia ficar babando".

— Que homem corajoso você é, Sandino! Que valentia, que demais!

Será? Ele não estava muito convencido disso. Maria tinha chamado os dois de pirralhos. Ou será que ela havia se referido ao Matias?

— Matias é que é baixinho; eu não.

Examinou o muque no espelho. É, Maria só podia estar falando do Matias.

Ele, Sandino, não parava de crescer. A mãe tinha que fazer a barra de suas calças três vezes por ano.

6 O MANIFESTO

O tão esperado dia chegou. A inauguração das novas fábricas de enlatados Xavier.

Toda a sociedade estava feliz com a boca-livre.

O famoso *foie gras* da empresa seria distribuído a rodo, em nova fórmula adequada aos padrões da Comunidade Econômica Europeia. Graças às pesquisas dos cientistas dos laboratórios Borromeo, o fígado dos gansos tinha aumentado trinta e duas vezes de tamanho, à custa de hormônios secretos ultra-higienizados.

Os funcionários da fábrica tiveram tanto trabalho para preparar tudo que nem notaram os dois novos empregados, dois molecotes espertos e perguntadores que queriam fazer bonito no novo primeiro emprego.

A mesa havia sido posta no jardim da fábrica, embaixo de uma linda pérgula onde antes havia um busto do fundador da empresa. Agora era a cara de Seduza que enfeitava a base de mármore.

— Anda logo — disse o garoto baixote, tirando um monte de garrafinhas do bolso do avental.

O mais alto saiu debaixo da mesa e começou a destampar as garrafinhas. Passava uma de cada vez para o baixinho, que esvaziava tudo nas terrinas de sopa e nas travessas de patê.

— Será que isso dá?

— Dá. É superforte esse negócio — disse o primeiro. — Minha irmã sempre toma.

O gerente da fábrica, ocupado em fazer todo mundo trabalhar direitinho, dava conta de tudo. Era do tipo que demitia só para puxar o saco do patrão.

Viu dois funcionários novos ao lado da mesa e achou muito estranho.

— Ei, vocês aí!

* * *

O dentista tinha feito um belo trabalho. Branqueamento a *laser*. Seduza apagou a luz do quarto e sorriu diante do espelho. O brilho dos dentes até ofuscava, nem precisava de luz no recinto.

De uma caixa de veludo preto, tirou um colar. Cada diamante do tamanho de uma uva-itália! Acariciou as pedras e experimentou no pescoço. Era tão vistoso que desviava a atenção de um dos seus maiores defeitos. Tinha as espáduas pontudas. Mas a cirurgia de correção já estava agendada. Seu médico ia serrar o osso e depois, de lambuja, tirar duas costelas, uma de cada lado, para deixar a cinturinha mais fina.

— Eu sou uma mulher belíssima.

A pele embaixo do nariz ainda estava meio inchada. Na correria, tinha arrancado o buço às pressas, mas tudo bem.

— Nada que um bom corretivo não resolva.

As ruguinhas de expressão tinham desaparecido. Ah, o botox! Que inveja do sujeito que tinha descoberto aquela fórmula maravilhosa! Nada mais que a toxina botulínica aplicada diretamente no músculo, causando uma contração que deixava a pele mais lisinha.

Mas eles que a aguardassem, sua descoberta ia ser muito mais revolucionária. O marido fora contra, mas ela era muito determinada e Tadeusz, muito fiel.

Tinha lido no livro de um empresário famoso que o segredo do sucesso era remover os obstáculos.

O marido, o avô do noivo e quem mais se metesse em seu caminho eram obstáculos.

— Eu passo por cima.

Só que nossa amiga estava ficando impaciente. Ou melhor, Lady Seduza. (Você não chamaria essa bisca de amiga, chamaria?)

Os técnicos das Empresas Reunidas Borromeo trabalhavam dia e noite para encontrar a fórmula de certo produto que revolucionaria a indústria cosmética. Mas até agora nada. O que faltava?

Uma enzima presente no fígado de ganso era fundamental para a composição da droga.

Como você viu, Seduza havia comprado logo uma fábrica.

O que mais? O que mais?

— O QUE MAIS?!

Seduza fez o contorno dos lábios com o lápis. Por enquanto, tinha de manter a aparência.

Você já deve ter percebido tudo. O *foie gras* era apenas uma astúcia. Ninguém podia desconfiar dos seus planos. Não até ela registrar a patente do La Vie. Esse era o nome da misteriosa substância que movia Seduza, uma loção rejuvenescedora. Em francês, quer dizer "A Vida". Ia ser a mulher mais rica do mundo. E, o mais importante:

— Serei jovem para sempre!

Seduza ajeitou o decote.

— Você é uma gênia.

Junito entrou sem bater.

— Está pronta?

— Estou sempre pronta.

Ele segurou sua mão e ela rodopiou.

— Você está fenomenal.

— Você também — retribuiu Seduza. — Aquele *peeling* te deixou dez anos mais moço.

— E a menina?

— No quarto. Indisposta.

Os dois riram.

* * *

Amarrada à sua cama, Maria tentava se manter acordada. Tadeusz misturava mais uma dose.

— Por que você está fazendo isso?

— Ordens.

— Eu sou a dona disso tudo. Tem que obedecer a mim.

Tadeusz não respondeu.

Seduza entrou no quarto sem bater.

— Senhora.

— Eu quero ficar sozinha com a minha enteada, Tadeusz.

O mordomo fez uma reverência.

Seduza fechou a porta bem devagar e fez um carinho em Maria. Mesmo sedada, ela tirou o rosto.

— Querida.

— Falsa.

— Eu só quero o melhor pra você.

— Mentira.

— Depois do meu casamento, você vai estudar na Suíça. Numa escola especial para meninas superdotadas.

— Um colégio interno.

— Vai ter a melhor formação. E um dia vai administrar os negócios da família junto comigo.

— Você não é da minha família!

Seduza deu um beijo no rosto da enteada. Maria fez uma careta de nojo.

Seduza sorriu e foi saindo.

— Querida.

Maria começou a chorar.

Tadeusz entrou no quarto e pegou o frasquinho que tinha deixado em cima da cômoda.

— Hora do remédio.

* * *

Enquanto Tadeusz entorpecia Maria, o gerente da fábrica de enlatados tinha alcançado os dois empregados novos que, a essa altura, você já deve ter adivinhado que eram Matias e Sandino.

— Fora daqui, chispa, chispa! O lugar de vocês é na cozinha.

Matias tratou de sair logo, puxando Sandino pelo braço.

— Onde já se viu, roubar comida! — esbravejou o gerente, enfiando o dedo no patê e lambendo. — Gentalha.

Matias entrou na cozinha, empurrando Sandino.

— Que cara folgado! — falou Sandino.

— Ufa, quase que ele pegou a gente.

* * *

Seduza estava prestes a sair quando o celular vibrou dentro da bolsa francesa de couro de leão-marinho.

— Coloquei no *vibracall* porque é chique.

Junito concordou. Ele é quem tinha dado a dica. De etiqueta ele entendia mais do que ninguém. Campainha de celular era coisa de quinta categoria.

Seduza finalmente encontrou o telefone.

— *Alou.*

— ...

— Quem mandou ligar para o meu celular?

— ...

— O quê?

— ...

— Os trabalhos foram interrompidos?!

Ela jogou o celular no chão e depois pisou em cima.

— Eu mato! Eu pego aquele cientista e arrebento com ele!

— O que foi, Seduza?

Seduza estava transtornada.

— Era do laboratório! Aquele cientista parou a pesquisa do La Vie!

— A pesquisa?

Era o projeto secretíssimo de Seduza, que você já conhece, a fórmula da loção rejuvenescedora.

Seduza o batizara de projeto Belta, que é como ela pronunciava a letra grega delta. Ninguém tinha coragem de corrigir.

— Chame aquele animal aqui! Imediatamente!

— Mas, querida, nós vamos nos atrasar!

— AGORA!

Junito pegou o celular. Teclou.

O cientista-chefe, o tal do prêmio Nobel, atendeu.

— Senhor cientista-chefe?

— ...

— Lady Seduza quer o senhor aqui imediatamente.

Junito escutou um pouco.

— O cientista-chefe disse que precisa de mais cobaias para retomar os trabalhos.

— Pois mande comprar, sua besta! Compre todos os bichos do mundo se for necessário!

Junito deu o recado.

— Ele disse que é necessário uma cobaia que tenha o DNA mais parecido com o do ser humano.

Seduza arrancou o telefone da mão do noivo e xingou o cientista-chefe de tudo quanto era nome feio.

— Esteja aqui em cinco minutos!

E jogou o telefone de Junito na parede.

* * *

Seduza rodopiava em sua cadeira giratória forrada com pele de prepúcio de baleia-branca, bem macia.

— Estou gastando rios de dinheiro com esse projeto. Oceanos! Quero saber por que o senhor interrompeu as pesquisas.

O cientista-chefe detentor do prêmio Nobel coçou o nariz.

— É um projeto muito ambicioso, algo jamais tentado, ó pá. (O cientista-chefe falava português com sotaque de Portugal porque tinha título *honoris causa* da Universidade de Coimbra.)

— Foi por isso que eu contratei o senhor.

— Estudos como esse demandam anos de trabalho, ó pá.

— O senhor ganhou o prêmio Babel, não foi?

— Nobel — disse Junito.

— Que *seje*.

Seduza mediu o cientista de alto a baixo.

— O senhor ganhou esse tal de prêmio porque descobriu um monte de descobertas, não é?

— Decifrei o código genético do Macaco Parafuso da Nova Zelândia.

— Fale português, homem!

— Participei de um projeto que levou seis anos, contou com uma equipe de vinte e cinco cientistas e consumiu quinze milhões de dólares.

Falou em dinheiro, Seduza entendia.

— Agora o senhor está falando a minha língua. E é por isso que estou pagando essa nota preta! Para o senhor descobrir a minha fórmula secreta em cinco meses! Em cinco dias! Cinco minutos!

O cientista-chefe explicou pausadamente.

— Precisamos de novas cobaias.

— E as que vocês têm? Aquele laboratório parece a arca de Noé!

— As nossas cobaias são ratos brancos, micos brasileiros e coelhos. Elas não servem.

— Por que não, posso saber?

— Precisamos de símios antropoides.
Seduza olhou para Junito.
— Macacos — ele disse. — O resto eu também não sei.
Seduza olhou para o cientista com desprezo.
— Por acaso o senhor não sabe que nós estamos no Brasil? Macaco e banana é que não faltam.
— Precisamos de símios de outro continente.
Seduza perdeu a paciência.
— Pois mande buscar, ora!
— Receio que isso não seja possível.
— Por que não, criatura?
— A África fica muito longe. E a senhora tem pressa.
Seduza contou até dez:
— Um, quatro, seis, dez.
Morrendo de medo de perder o emprego, o cientista escolheu bem as palavras:
— O código genético das cobaias tem de ter pelo menos noventa e cinco por cento do código genético do ser humano.
— Olha que eu perco a paciência de vez!
— Chimpanzés — disse o cientista. — Precisamos de chimpanzés africanos!

* * *

A festa fervia na sede dos Enlatados Xavier.
Flashes e mais *flashes*. O iluminador acendeu o refletor.
Seduza fez pose.
— Junito, cuide de arrumar um chimpanzé para o cientista-chefe.
— Mas onde, Seduza?
— Fale com o Tadeusz.
Junito anotava as ordens de Seduza para não esquecer. Era muito distraído.
— Tadeusz, Tadeusz, tudo é esse Tadeusz.
— E depressa!
Um repórter acenou para Seduza. Seduza sorriu para o cinegrafista.

— *Close* só no meu lado direito. Fotografa melhor.

Junito correu para entrar no enquadramento.

— Eu sou o noivo!

Na pressa, deixou cair a sua cadernetinha de anotações. E nem percebeu.

O *caboman* deixou o fio da câmera enroscar no pé da produtora, que colocava o microfone de lapela em Seduza.

— Com licença.

— Cuidado com o peito — advertiu Seduza. — Acabei de colocar. Trezentos e cinquenta mililitros.

— Uma latinha de guaraná pra cada seio — acrescentou Junito.

Diante das câmeras de TV do país inteiro, Seduza exibia o novo produto, o tão esperado *foie gras* recomendado pela Comunidade Econômica Europeia.

A empresária fez questão de oferecer a torrada inaugural à primeira-dama do Estado. A esposa do governador agradeceu, comeu e repetiu. Depois começou a sentir cólica. Se-

duza pensou ter escutado um ruído estranho, mas achou que era só impressão. A primeira-dama sorriu amarelo.

Todo mundo tapou o nariz, mas evitou comentar.

O rega-bofe começou. O patê era bom mesmo. Comeram até se fartar. Junito, que era muito guloso, começou a passar mal.

— Estou com cólicas.

— Deve ser enxaqueca — disse Seduza.

— Não, é dor de barriga mesmo.

Junito correu para o banheiro. Ao mesmo tempo, uma enorme fila começou a se formar na frente dos toaletes. Quem disse que tinha banheiro pra todo mundo? Um salve-se quem puder, todo mundo queria chegar primeiro.

Nunca se viu tamanho vexame. Alguém havia colocado laxante na comida.

Matias, Sandino e os outros empregados nada sentiram. O *foie gras* era só para os convidados.

7 ANIMAIS SEQUESTRADOS

Seduza estava furiosa. O prejuízo havia sido imenso. E ela virara chacota na sociedade. A primeira-dama do Estado cortara relações. A Comunidade Econômica Europeia vetara o produto, tirando a chancela. (Você sabe que a fábrica era só um pretexto para os seus planos, mas Seduza era muito zelosa com a sua imagem. Até assessor de imprensa ela usava, ninguém menos que Junito.)

E, para completar, a manicure havia tirado um bife de sua cutícula.

— Ai! Incompetente! Burra! Tadeusz, tira essa anta daqui!

Tadeusz deu uma ordem e o segurança escorraçou a coitada da moça aos tapas.

Seduza bufava mais que um touro bravo. De repente se lembrou de uma coisa:

— Aaaaahhhhhhhhh!

Deu um pulo.

— O que foi, Seduza?

— O macaco!

— Macaco?

— O chimpanzé do cientista! Pra ele continuar com as pesquisas! Alguém conseguiu o chimpanzé?!

— Ainda não, querida.

— NÃO!?!

— A culpa é do tal do Tadeusz! Eu transmiti as suas ordens.

Junito estava enganado.

Ele não sabia, mas Tadeusz já tinha providenciado tudo.

* * *

Ali era o zoológico municipal.

Dois vultos mascarados esgueiravam-se rapidamente pelas sombras.

Um deles estacou. O outro não conseguiu parar a tempo.

— Ai! — disse Matias. — Toma cuidado!

— Você parou sem avisar! — justificou-se Sandino.

— Sssh, fala baixo! Aqui é cheio de guardas!

— Eles vão roubar o chimpanzé hoje! Tá escrito aqui no bloquinho!

Matias tirou uma elegante caderneta do bolso. Era a cadernetinha de anotações de Junito, que ele encontrara na festa de inauguração da fábrica.

Matias pegara o caderninho com a intenção de devolver ao dono. Mas não resistira a ler o que estava escrito.

— Cada garrancho!

— E tudo errado, olha só — observara Sandino. — Escreveu chimpanzé com "s", o burro.

— Eles vão roubar um chimpanzé do zoológico!

— Eles quem?

— Os donos da fábrica de patê! A tal da Lady Seduza!

— E leu o que estava escrito na caderneta:

— "Lembrar que Seduza mandou conseguir um *chimpansé*, seja onde for, no zoológico ou no raio que o parta!"

Os dois tinham ficado chocados.

Por isso estavam ali. Iam sabotar o plano de Lady Seduza.

A noite já ia alta. A poluição escondia as estrelas. Por isso, o breu era absoluto.

— Não dá pra enxergar nada!

— O que você esperava? São duas da manhã! — disse Matias.

— A gente devia ter trazido uma lanterna.

— Daí todo mundo ia ver a gente.

— Pelo menos a gente enxergava alguma coisa. Eu já dei uma topada que vai deixar a unha roxa!

— Você tá é com a cabeça na lua, desde que viu o retrato da Maria no jornal.

— E você? Pensa que eu não vi que você colocou a foto dela no *wallpaper* do seu computador?

— E daí?

Daí que Maria tinha mesmo mexido com eles desde que os salvara dos seguranças do prédio da Bienal.

Matias não parava de pensar nela.

Sandino também não.

Será que Maria pensava neles?

Mal sabiam que Maria não pensava em nada. Parecia um animalzinho preso na gaiola. Tudo que podia fazer era dormir.

O pior é que os remédios não a deixavam nem sequer sonhar.

Matias avançou mais um pouco.

— A jaula dos macacos é ali.

— Tem certeza?

— Claro! E vê se para de falar em mulher — disse Matias. — Desvia a atenção.

— Só quero ver como é que a gente vai arrebentar o cadeado.

O plano era soltar os animais.

— A Senhorita e o Peteleco.

Sandino conhecia muito bem os dois. Desde que era pequeno, adorava aqueles macacos. Pareciam gente!

— Mas, Matias — disse Sandino —, me fala uma coisa...

— O quê?

— A gente vai soltar os chimpas, e depois?

— Eu já pensei nisso. A gente leva pra casa.

— Certo.

Tudo era muito normal para Sandino. Para que complicar?

— Deixar os macacos na rua é que a gente não pode — disse Matias. — Onde é que eles iam arranjar comida?

— Podem até ser atropelados.

— Ou pior: ser capturados depois pela tal de Lady Seduza! O importante é tirar os bichos daqui.

Um barulhão interrompeu os dois.

— Um helicóptero! — apontou Matias.

— O quê? — disse Sandino, sem ouvir nada por causa do ruído das hélices.

Matias apontou para o céu.

— Lá!

O enorme helicóptero de carga pousou espalhando poeira por todo lado. Um cisco caiu no olho de Matias.

— Caramba! — espantou-se Sandino.

Homens encapuzados, vestindo preto da cabeça aos pés, abriram a porta da jaula dos chimpanzés e alvejaram os macacos com dardos tranquilizantes.

— Eles estão atirando nos chimpas! — disse Sandino, querendo ir até lá.

Matias o segurou pelo braço.

— Fica quieto! Eles vão ver a gente!

Outros homens saíram do helicóptero, colocaram os chimpanzés numa maca e subiram de novo, agarrando-se ao trem de pouso.

As pás da hélice começaram a girar com mais e mais força. Uma nova ventania cegou os meninos. Em questão de minutos, tudo estava acabado.

CARAMBA!

— Caramba! — falou Sandino mais uma vez, esfregando o olho ardido.

* * *

Matias e Sandino chegaram em casa a tempo de ver o telejornal da noite noticiar o rapto dos animais do zoológico municipal.

Além dos chimpanzés, tinham sido roubados dois ursos-polares.

* * *

Junito preparava um drinque para a futura esposa.

Apesar de ter perdido sua caderneta de estimação, estava satisfeito por ter feito bem o seu trabalho: transmitir as ordens de Seduza.

"Eu gostava tanto daquela caderneta. Comprei na Via della Spiga, em Milão..."

Tadeusz entrou, silencioso como sempre.

Junito levou um susto.

Seduza riu.

— Tadeusz, espero que você tenha boas notícias.

— Missão cumprida, senhora.

Seduza ajeitou o cabelo.

— Pode sair, Tadeusz.

Junito serviu uma taça de coquetel à noiva.

— Os chimpanzés, tudo bem, mas pra que você quer urso-polar, Seduza?

— Pra fazer um casaco de pele.

* * *

Seduza mandara chamar a enteada para o jantar.

Tadeusz entrou com Maria.

Ela estava relativamente bem. Ia ficando mais calma e Tadeusz diminuía a dose de calmantes.

— Mandei chamar você aqui porque já é uma mocinha.

— O que você quer?

— Comunicar a data da sua partida para a Suíça. E não adianta fazer bico.

— Eu não vou pra lugar nenhum.

— Você não apita. Vai e acabou.

— Não vou.

— Vai!

Seduza deu um tapa na mesa. Maria tomou um susto.

— Depois do casamento. Já fiz sua matrícula.

A madrasta passou a mão na testa.

— Esse ansiolítico novo está me tirando do sério. Preciso avisar o meu analista.

— Tomara que morra.

— Ingrata. Eu que faço tudo por você.

— Não faz nada.

— Faço, e muito. Faço, fiz e ainda vou fazer. Vou transformar você numa lady, como eu, Lady Seduza.

— Lady Sebosa.

Seduza fez que não ouviu. Deu a volta na mesa e ficou atrás de Maria.

— Como sua tutora, quero contar a você os meus novos planos para a empresa.

— Tutora?

— Sou o seu parente mais próximo. A sua segunda mãe. Esqueceu que seu pai virou picolé?

— Não fala assim dele!

— Picolé, cubo de gelo, o que for.

Maria não respondeu. Engoliu a raiva.

— Eu tenho a sua guarda. Não esqueça que, de agora em diante, você me pertence. Até ficar "de maior".

— Quando eu fizer dezoito anos.

— Vinte e um, mocinha.

— Dezoito, sua burra.

— Dezoito, vinte e um, cinquenta e cinco... Quem disse que você vai chegar até lá?

— Faltam só sete anos. Aí vou colocar você pra esfregar o chão do banheiro com uma escova de dentes! – falou Maria.

Seduza sorriu.

— Sabe que você me deu uma boa ideia?

* * *

Tadeusz segurava uma escova de dentes infantil, daquelas bem pequenininhas.

Seduza sorriu.

— Ela vai esfregar todo esse mármore com a escova de dentes, até o piso ficar brilhante.

— Sim, senhora — disse o mordomo.

— Me solta!

— Não adianta espernear, Mariazinha. A ideia não foi sua? Achei excelente.

Tadeusz segurou a mão de Maria e a obrigou a pegar a escova.

Seduza puxou um banquinho e ficou ali, vendo tudo, enquanto Maria escovava e chorava, chorava e escovava.

8 LADY SEDUZA NA MIRA DO NAMA

A cidade estava em polvorosa com o rapto dos animais do zoológico.

Matias e Sandino tinham de dar um jeito naquela mulher!

— Lady Seduza — articulou Sandino. — Nem parece nome de gente.

— Essa mulher é um monstro.

— O que será que ela vai fazer com o Peteleco e a Senhorita, Matias?

— Usar pra alguma pesquisa da fábrica de cosméticos dela. Vão abrir os coitados e dissecar os dois vivos. Só pode ser.

— A gente não vai deixar!

A televisão estava ligada.

— Olha lá! — disse Matias. — Aumenta o volume!

Matias mal acreditava no que via: o telejornal mostrava uns animaizinhos pequenos, parecendo raposas, sendo esfolados vivos para fazer casacos de pele.

Era uma fazenda clandestina de abate. As peles eram exportadas. O repórter dizia que os proprietários da fazenda não tinham sido encontrados.

— É muita maldade demais além da conta — falou Sandino. — Será que não é montagem?

— Não, é de verdade.

— Mas tirar a pele dos animais vivos puxando daquele jeito? Um deles estava com os olhinhos cheios de lágrimas.

Sandino começou a chorar. Matias fez força para se segurar.

— Eles matam a paulada pra não estragar a pele — disse o segundo, com a voz entrecortada. — Fazem a mesma coisa com filhotes de foca. Arrancam a pele de carneirinhos até ficar em carne viva. Envenenam cachorrinhos pra testar ração.

Sandino deu um soco na parede.

— Ai!

Esfregou a mão doída.

— Sssh! Ainda tem mais!

O repórter mostrava um prédio com o logotipo das empresas Borromeo.

— A polícia informou que documentos ligados às empresas Borromeo foram encontrados no escritório da fazenda. O porta-voz da empresa negou qualquer participação.

Na tela, cercado de microfones, estava Junito, ajeitando o cabelo.

— As empresas Borromeo farão tudo que for necessário para ajudar nas investigações! Só isso, nada mais a declarar!

Sandino deu um pulo.

— É o cara que perdeu a caderneta!

— É mesmo. O que vai se casar com a tal de Lady Seduza!

— Essa mulher está por trás de tudo! — disse Matias. — Primeiro, a fábrica de patê que torturava os gansos; depois, o roubo ao zoológico! E agora essa fazenda de extermínio!

— Caramba, a gente tem que tirar o Peteleco das mãos dela! E a Senhorita! E é já! Ela vai acabar fazendo experiências com os dois!

Sandino estava revoltado.

— A gente tem que pensar numa ação direta contra essa mulher, Matias! Numa coisa nova, que ninguém fez ainda! Pra gente acabar com a festa da tal de Lady Seduza!

— Mas o quê?

Matias andava de um lado para o outro.

— Peraí! Essa mulher é a madrasta da Maria.

— É, a dona das empresas todas! — completou Sandino.

— Será que a Maria sabe dessas coisas?

— Sei lá.

— Ela usava sapato de couro de crocodilo — lembrou Matias.

— Eu não posso acreditar. É muita maldade.

— É. Ela não seria capaz disso...

Os dois ficaram pensativos.

* * *

Maria, em seu quarto, zapeava pelos canais. Seduza esquecera de cortar a TV a cabo.

O noticiário tinha chamado a sua atenção. Era uma reportagem sobre um abatedouro de minks, um bicho bonitinho que era usado para fazer estolas e casacos. As imagens eram terríveis, tão fortes que ela ficou enjoada.

Mas o pior é que ela tinha escutado o nome das empresas do pai!

— O Junito!

Na sede das empresas na avenida Berrini, Junito dava declarações cercado de repórteres. Não tirava os olhos da câmera.

— É uma das nossas fazendas! — disse Maria.

A imagem de Junito sorridente deu lugar ao *close* de um animalzinho assustado. Tão bonitinho e com tanto medo!

Maria chorou, pensando que aquele pobre bichinho e ela estavam na mesma situação. Seduza. A culpa era toda dela!

— Desgraçada. Olha só o que essa perua está fazendo com a herança que o meu pai deixou pra mim...

Ela precisava fazer alguma coisa. Mas como, se estava trancada, sem poder sair?

Quem poderia ajudá-la?

— Já sei! Os dois que sabotaram o desfile de moda.

O que estariam fazendo aqueles meninos "terroristas"?

Maria tinha zombado deles, mas agora entendia um pouco. Animais podiam sofrer, como os seres humanos.

Como ela estava sofrendo.

* * *

— Vivissecção.

— Vivissecção? — repetiu Sandino.

Matias fechou a enciclopédia do pai.

— Eles fazem pesquisa em animais vivos.

— Vivos?

— Abrem a barriga, injetam substâncias nos olhos e muito mais. A gente nem desconfia do que eles fazem nesses laboratórios.

— Desgraçados! Vou pegar aquela Lady Seduza e arrancar o couro dela pra fazer um casaco! Vamos ver se ela vai gostar!

Matias estava pensativo.

— A gente precisa planejar uma ação jamais vista. Um manifesto que fique marcado nos anais da proteção aos animais!

Sandino se animou. Quando o amigo falava daquele jeito, a coisa ficava boa.

— Um registro histórico! — continuou Matias.

— O quê? Fala logo, moleque!

Matias subiu na cama e cruzou os braços, como quem olha para o infinito, mas a janela estava fechada.

— Vamos invadir o laboratório de pesquisas das empresas Borromeo e resgatar o Peteleco e a Senhorita!

Sandino arregalou o olho.

— Isso mesmo! Vamos abrir a porta e deixar escapar todos os animais!

— Agora a gente pega a tal de Lady Seduza, Sandino! Ela vai ficar louca da vida!

* * *

O laboratório de pesquisas das Empresas Reunidas Borromeo ficava numa fábrica grande na margem do rio Tietê.

Era um prédio de três andares.

— Tem certeza de que o laboratório é aqui mesmo? — perguntou Sandino. — Parece mais uma penitenciária.

— Tenho. Li no jornal que a Lady Seduza está construindo outro, mais moderno. Mas por enquanto é esse aí.

Sandino olhou pelo binóculo que tinha comprado do Totonho por três reais.

— Ai, caramba.

— O que foi?

Sandino passou o binóculo.

— Olha lá.

O prédio era rodeado por um amplo pátio patrulhado por cães ferozes.

— Cães de guarda.

— *Rotweillers* — disse Sandino.

9 O CREME DA ETERNA BELEZA

O matrimônio de Seduza Borromeo e Bartolomeu Xavier de Mello Madeira Júnior era o grande acontecimento da cidade.

Nem o desmonte de uma de suas fazendas havia tirado o entusiasmo de Seduza.

— O casamento com a besta do Junito vai me abrir as portas da *high society*!

As bodas foram anunciadas num programa de televisão muito assistido por celebridades e gente importante.

O diretor avisou:

— Gravando!

O apresentador sorriu.

— Estamos aqui com Lady Seduza Borromeo, *chairman* das Empresas Reunidas Borromeo.

Ele sorriu ainda mais.

— Ou devo chamar você de *chairwoman*?

Seduza ajeitou o cabelo.

— Pode me chamar de Lady. Lady Seduza.

Junito se adiantou para ficar dentro do enquadramento da câmera.

— E seu noivo, o empresário Bartolomeu Xavier de Mello Madeira Júnior, o nosso querido Junito!

Junito sorriu para o apresentador, sem desviar os olhos da câmera. Era escolado em aparecer na televisão.

— Eles estão aqui pra falar do seu casamento, o enlace mais esperado do ano!

Sorriu para Seduza.

— Mas eu sei que temos mais uma novidade. Um produto que vai revolucionar a indústria cosmética mundial!

Seduza ficou surpresa.

— Como foi que você ficou sabendo disso?

Junito sorria para a câmera, mostrando seu melhor ângulo.

"Eu te mato", pensou Seduza.

— Você não pode mais esconder o meu furo de reportagem! Sabemos até que você importou um prêmio Nobel para ajudar a desenvolver a fórmula do produto!

Seduza tentava manter o sangue-frio, mas o apresentador estava com a macaca.

— Posso saber o nome de tal preciosidade? Por favor, Lady Seduza, só uma palhinha! Aqui, em primeira mão para o nosso telespectador!

— Tá bom.

O apresentador ficou empolgado.

— Atenção! Em primeira mão, o novo e revolucionário produto das empresas Borromeo será anunciado em rede nacional. Por favor, Lady Seduza, diga o nome dessa preciosidade!

Seduza olhou bem para a câmera.

— La Vie, a loção da eterna beleza.

O apresentador sentiu o gosto do nome. Saboreou.

— La Vie. Um nome perfeito.

* * *

Maria assistia à televisão em seu quarto.

— Que ordinária!

Mudou o canal, olhou ao redor. Tinha lido um livro chamado *Robinson Crusoé*, em que o mocinho ficava perdido numa ilha deserta. Sem poder se comunicar com o mundo.

Precisava enviar uma mensagem. Mas como?

De um lado, havia a madrasta. Do outro, Tadeusz, que parecia um cão de guarda.

Maria não podia mandar mensagens pelo celular, não podia usar a internet. O que fazer?

Estava mais perdida que o náufrago do livro.

Ficou zapeando. O canal de comportamento repetia pela milionésima vez o atentado ecológico no desfile de moda. Ela conseguiu sorrir, se lembrando dos dois garotos que tinha ajudado naquele dia. Como era mesmo o nome deles? Sandro? Não, o nome do mais alto era esquisito...

— Sandino! — lembrou-se

O outro se chamava Matias.

"Era de dois moleques como aqueles que eu precisava pra sair daqui. Tenho certeza de que eles iriam me ajudar", pensou Maria.

* * *

Em seu quarto, Matias espremia a cachola para descobrir um jeito de entrar no laboratório sem ser devorado pelos cães de guarda.

A mãe chamou.

— A janta tá na mesa!

O noivo da irmã, para variar, estava lá filando a refeição.

Chamava-se Faber Lobão. O Lobão era doutor Lobão, jovem delegado. O pai do Matias dizia que ele tinha colado na prova do concurso.

— É uma anta!

É bom esclarecer que o pai do Matias, militar reformado, falava mal de todo mundo e se achava o ser mais perfeito do universo.

Lobão morria de medo do pai do Matias. Mal o sogro entrava em casa, ele começava a gaguejar.

O doutor Faber Lobão era responsável pela 34ª DP, cuja jurisdição englobava o bairro.

O pai do Matias entrou na sala, de banho tomado e pijama.

— Boa noite.

Lobão gaguejou qualquer coisa e enfiou um pedaço de miolo de pão na boca para não ter de dizer mais nada. Era feio falar de boca cheia.

A mãe do Matias colocou na mesa a travessa de salada de alface com tomate. Lobão, de tão nervoso, começou a se servir antes de todo mundo.

O pai abriu o guardanapo.

— Pra que guardanapo? Hoje é dia de festa?

— Tem visita — disse a mãe do Matias.

— Visita... Vocês viram o noticiário? A polícia ainda não descobriu nada sobre os orangotangos roubados do zoológico!

— Chimpanzés — corrigiu Matias.

— E dois ursos! — acrescentou o pai. — Ursos-polares. Do Polo Norte!

— O zoo fica na jurisdição do Faberzinho — disse a irmã do Matias. — Se o senhor quiser, papai, ele dá as notícias diretamente.

O pai do Matias nem se deu ao trabalho de responder.

— Até bicho estão roubando! A culpa é dessa nossa polícia, um bando de incompetentes!

Lobão quase engasgou com um caroço de azeitona.

* * *

Na casa de Sandino, eles comiam pipoca na frente da televisão.

A mãe de Sandino chegou, carregando uma pilha de cadernos para corrigir. Era professora.

— Cheguei!

Ela tentou fechar a porta com o pé, mas se desequilibrou. Sandino correu e pegou dois cadernos espirais antes que caíssem no chão.

— Opa!

— Obrigado, filho.

Ela beijou a testa do pai de Sandino.

— Como foi o seu dia?

O pai de Sandino não respondeu.

— Emprego está tão difícil, não é?

O pai de Sandino não respondeu de novo.

— Vou fazer alguma coisa pra gente comer.

A mãe de Sandino foi para a cozinha e abriu a torneira. Enquanto lavava as mãos, jogou água no filho.

— Ei!

Ele se escondeu atrás da mesa.

— Para, mãe!

Ela pegava os pratos.

— Você me ajuda, nenê?

A mãe chamava Sandino de "nenê" desde que ele tinha nascido.

— Vou fazer um macarrão.

Sandino deu-lhe a toalha.

— O pai saiu de casa hoje?

— Saiu — disse Sandino. — Não estava quando eu cheguei da escola.

— Coitado do papai. Deve ter rodado a cidade toda e nada!

— Ele me pediu um passe de ônibus emprestado.

A mãe de Sandino mordeu o lábio.

Sandino abriu uma gaveta.

"Por favor, Deus, não deixa ela chorar."

— Vou fazer um molho bem gostoso. Vá tomar o seu banho. E nem pense em dizer que já tomou hoje.

Sandino subiu a escada.

Antes de chegar lá no alto, viu a mãe abraçar o pai e dar um beijo no rosto dele. O pai sorriu, mas parecia que estava chorando.

Sandino subiu os três degraus que faltavam de uma só pernada.

* * *

No portão de casa, Matias, fazendo-se de inocente, perguntou ao cunhado se a polícia sabia de alguma coisa a respeito do rapto dos animais do zoológico.

— Eles estão investigando, Matias, mas o caso é difícil. Pra que alguém ia querer dois chimpanzés e dois ursos-polares?

— Sei lá.

— O caso é muito inusitado. E o pior é que tinha que acontecer justo na minha jurisdição?

A irmã do Matias saiu de casa e prendeu o cabelo.

— Entra pra dentro, moleque, a mãe tá chamando.

Quando ficaram sozinhos, ela tascou um beijo no noivo.

— Quero um presente de aniversário.

— Faço tudo que você quiser.

— Quero um creme esfoliante.

— O que é isso?

— Um produto de beleza.

— Mas pra que você quer um negócio desses? Essa pele de bebê.

— E tem que ser o Sable.

— Um beijinho?

— Sem presente não tem beijinho. E não vá esquecer o nome: Sable.

10 *A FÁBRICA DE PESADELOS*

Matias e Sandino tinham marcado de se encontrar à meia-noite na frente do bar do Menelau. O bar estava fechado, e Totonho gostava de dormir embaixo da marquise. Se chovesse, ele não ficaria ensopado.

Quando Matias chegou, Sandino estava olhando o mendigo comer macarrão à bolonhesa. Totonho comia depressa. O amigo fazia um carinho na cachorrinha do velho.

— Parece que nunca viu comida — disse Sandino.

Totonho não respondeu, ocupado em mastigar com os dentes da frente, os únicos que restavam.

— Ainda vou te comprar uma dentadura.

— Tudo certo? — perguntou Matias.

— Só falta o Totonho emprestar a Estrelinha.

Ao ouvir o seu nome, Estrelinha balançou o rabo.

— Estrelinha, Estrelinha — chamou Matias. — Estrelinha bonitinha.

A cadelinha pulou em cima dele, fazendo festa.

Totonho cobriu a boca porque era muito educado e soltou um arroto. Estrelinha se assustou, o rabinho entre as pernas.

O velhinho deu metade do seu jantar à amiga.

— Como assim, só falta o Totonho emprestar a cachorra? — estranhou Matias.

— Eu preciso dela pro meu plano secreto.

Como dessa vez o plano era dele, Sandino estava cheio de mistérios, para aproveitar ao máximo.

Matias riu. Fez carinho na cabeça de Estrelinha. Ela rosnou. Matias tirou a mão depressa.

— Deixa a menina comer em paz — disse Totonho.

— O que você vai fazer, Sandino? Vai mandar a Estrelinha colocar os *rotweillers* pra correr?

— É claro que não, moleque.

Pegou o braço de Matias e cochichou:

— Me deixa sozinho com o Totonho um pouco.

Matias obedeceu. Sandino ficou conversando com o velhinho, que balançava a cabeça. Sandino falou alguma coisa e Totonho parou de resmungar. Sandino ficou esperando uma resposta que não veio. Mas Totonho estendeu a mão, que o menino apertou.

Sandino piscou para Matias.

Totonho pegou a cachorrinha no colo, beijou e a deu para Sandino.

Sandino acomodou Estrelinha na mochila e subiu na bicicleta.

— Vamos nessa.

Matias e Sandino saíram pedalando.

— Como foi que você conseguiu convencer o Totonho a emprestar a Estrelinha?

— Eu disse que ia arranjar um namorado pra ela. Pra ela não ficar sozinha que nem ele quando ficar velhinha.

* * *

Eles esconderam as bicicletas no mato. Naquele ponto do rio, a vegetação era bem crescida.

— Tomara que não roubem a minha bike — disse Sandino. — O meu pai nunca ia conseguir me comprar outra.

— Ele ainda não arranjou emprego?

Sandino balançou a cabeça.

— Não. E olha que já procurou em todo lugar.

Matias ajudou a tirar Estrelinha da mochila.

— Ei, ela rosnou pra mim!

— Ela é brava mesmo. Sabe se defender. Né, Estrelinha?

— Será que é seguro? Eles não vão machucar a coitada?

— Claro que não. Ela só vai distrair a cachorrada. Macho não ataca fêmea.

Sandino pegou a cachorrinha no colo.

— Se fosse perigoso pra ela, eu não ia trazer.

* * *

Estrelinha foi a sensação da noite. Os canzarrões ficaram malucos, porque vida de cão de guarda é muito solitária. Matias e Sandino poderiam ter saído com a fábrica inteira nos ombros que a cachorrada nem se importaria.

Os guardas roncavam. Pelo jeito, o alarido dos cães não incomodava. Estavam acostumados.

Sandino foi o primeiro a entrar. Matias em seguida.

— Agora é com você, Matias. Como é que a gente vai desativar o alarme?

— A gente não precisa desativar o alarme. É só entrar por uma janela.

— Mas deve ter sensores!

— Uma fábrica desse tamanho? Duvido.

Matias pegou um pedregulho.

— Sai da frente!

Sandino tirou a pedra da mão dele.

— Deixa comigo. Eu sou mais forte.

Fez pontaria fechando um olho, e arremessou a pedra, que estilhaçou a janela.

O alarme disparou, uma sirene tão alta que os tímpanos ficaram zumbindo.

— Você disparou o alarme, moleque!

— A culpa foi sua, que mandou tacar a pedra!

Os guardas acordaram. Um deles viu a janela quebrada.

— Aquela janela já estava quebrada?

— Acho que já. Agora desliga essa porcaria antes que a gente fique surdo!

O segurança digitou o código. A sirene parou.

— Vamos voltar a dormir que amanhã vai ser um dia cheio.

— É mesmo.

— Preciso bater uma laje na casa da sogra.

— E eu tenho outro turno de vigia.

— Só mesmo fazendo bico pra sustentar a família.

* * *

Matias se viu dentro de um laboratório enorme e gelado. Sandino estava logo atrás dele.

— Eles vêm atrás da gente!

Ficaram escutando.

— Não. Não tem barulho nenhum. Até a sirene parou.

— Devem ter desligado — disse Matias. — Depressa. A gente tem que ser rápido!

Ligou a lanterna.

— Que lugar gelado!

— Dá até medo.

A luz de uma lâmpada fluorescente vinha do corredor adiante. Os dois seguiram o brilho azulado.

— Essa Lady Seduza não é boba — comentou Matias. — O Peteleco e a Senhorita devem estar muito bem escondidos.

— A gente procura e acha — disse Sandino.

Viram gaiolas empilhadas umas às outras, cada uma com um animal. Todas estavam identificadas por plaquinhas de acrílico.

Havia também mesas de metal enfileiradas.

— Por que essas mesas têm um furo no meio?

— São mesas de dissecação — explicou Matias.

— Então é aqui que eles fazem os testes?

Sandino pegou a lanterna da mão de Matias e iluminou uma das gaiolas.

O facho de luz incidiu nos olhos de um animalzinho malhado.

— Um cachorro. Parece um filhote. Vem, cachorrinho, vem.

Sandino abriu a portinhola e tentou pegar o bichinho, que rosnou. Recolheu rapidamente a mão, deixando cair a lanterna.

— Nossa, que bravo!

Matias riu e pegou a lanterna do chão. Regulou o facho de luz.

Foi então que viu uma coisa de que jamais iria esquecer.

Uma cânula de plástico havia sido inserida na barriga do cachorrinho por um corte grande. Quando ele respirava, dava para ver os órgãos pulsando lá dentro.

— A barriga! — gritou Sandino.

— Tem um tubo no estômago do bicho!

Os dois amigos chegaram perto e se viram refletidos na pupila da cobaia. O olho vidrado de passarinho alvejado.

Matias recuou um passo. Horrorizado. Virou a lanterna para as outras gaiolas.

Dentro de cada uma, havia um animal preso.

Num canto, um animal preto, maior do que os outros.

— É o Peteleco! — disse Sandino.

O chimpanzé estava preso pelas mãos, dependurado.

Sandino chamou:

— Peteleco, Peteleco!

Matias arrumou o foco da lanterna. O facho iluminou a gaiola de Peteleco.

Ele tinha o ventre aberto de cima a baixo e respirava bem devagarzinho, correias mantinham as pernas presas.

— Olha o que fizeram com ele!

O pelo da cabeça havia sido raspado. Um dos olhos, vazado. A barriga rosada deixava ver pontos de sutura.

O olho que restava tinha a tristeza do olhar de um nenê que sofre calado. O chimpanzé tentou estender a mão para eles, mas estava acorrentado.

— Desgraçados! Desgraçados!

Sandino começou a chutar tudo que via pela frente. Os tubos de ensaio explodiam em cacos. As bacias de aço tilintavam quando caíam no chão.

— Eu vou tirar ele daí!

Sandino tentou abrir a gaiola.

Matias esquadrinhou outra gaiola com a lanterna: Senhorita, a companheira de Peteleco, estava morta. A órbita dos olhos vazia, os pelos grudados na pálpebra.

Matias desligou a lanterna para que Sandino não visse. O amigo estava chorando de desespero.

— Me ajuda aqui, Matias!

— Não dá pra fazer nada. Ele vai morrer, Sandino!

Sandino começou a chorar. Nunca tinha se sentido tão impotente. Só quando o pai perdera o emprego e tinha chorado pela primeira vez na frente dele.

— Vamos sair daqui!

— Não, eu vou quebrar tudo!

Matias agarrou a camisa do amigo. Viu um coelho preto, enorme, que parecia saudável. Não pensou duas vezes. Pegou o bicho e enfiou na mochila. Aquele ele salvava!

Sandino continuava chutando tudo que via pela frente.

— Mataram o Peteleco! Desgraçados! Desgraçados!

— A gente não pode fazer nada! Ele já está condenado, Sandino!

Sandino deu um soco na parede onde havia uma caixa de força, a portinhola abriu com a pancada.

Começou a arrancar os fusíveis.

— O que você está fazendo?

— Vou diminuir o sofrimento deles! Desligar a energia!

Sandino agarrou um punhado de fios e puxou com força. Uma faísca brilhou no escuro, chispando até alcançar um fio desencapado.

Matias saiu de perto. Sandino pulou para trás.

— Caramba!

A faísca virou uma chama que lambeu o ar, cresceu e pegou fogo.

A fiação começou a queimar, fazendo barulho de fósforo acendendo.

Os dois trataram de dar no pé. Quando chegaram lá fora, o incêndio já se alastrava. O clarão nas janelas iluminava o pátio.

Os cães latiam para as chamas.

— Fogo! — gritou um dos guardas. — Tá tudo pegando fogo!

Matias e Sandino aproveitaram a bagunça pra escalar a cerca.

Sandino viu que tinha se cortado no arame farpado. A camisa rasgada. "Minha mãe vai me matar!", pensou.

DESGRAÇADOS! DESGRAÇADOS!
A GENTE NÃO PODE FAZER NADA!
ELE JÁ ESTÁ CONDENADO, SANDINO!
POF
O QUE VOCÊ ESTÁ FAZENDO?
VOU DIMINUIR O SOFRIMENTO DELES!
DESLIGAR A ENERGIA!
BZZZ

RÁPIDO, SANDINO!
CARAMBA!

Quando chegaram lá no alto, Sandino parou.

— A Estrelinha!

Desceu de novo. Matias pulou para o lado de fora e ficou esperando.

O coelho estava bem quietinho dentro da mochila. Era grande, mas não pesava tanto. Os olhinhos vermelhos estavam apavorados.

Matias coçou a orelha do coelho, para acalmar.

— Fica calminho, amigão.

Sandino voltou com Estrelinha no colo.

— Não falei que ela era esperta? Ficou escondida o tempo todo! Né, Estrelinha?

— Vem logo — disse Matias, subindo de novo e pegando a cachorrinha das mãos de Sandino. — Rápido!

11 *LADY SEDUZA QUER SANGUE!*

Mal escutavam os passos da patroa, os criados debandavam para todos os lados.

Seduza estava furiosa.

No meio do ataque, arrancara um chumaço de cabelo. Ainda por cima, depois de uma noite em branco, tinha esquecido de retocar a maquiagem. Parecia um pedaço do pão que o diabo amassou.

Um ajudante de cozinha que começara a trabalhar no dia anterior tivera uma síncope ao dar de cara com ela na copa.

Tadeusz preparou uma dose de calmante capaz de botar um boi para dormir dois dias seguidos. Nem assim ela sossegou.

Mandou chamar a polícia.

— A polícia já está cuidando de tudo — informou Junito.

— Quem é o encarregado?

— Um tal de delegado Lobão.

— Eu quero falar com ele! Agora!

* * *

O doutor Lobão admirava a decoração do escritório. Tapetes felpudos e móveis de madeira escura.

Na parede, um retrato a óleo da dona da casa.

Ficou incomodado. Parecia que o quadro acompanhava todos os seus movimentos.

A dona da mansão atravessou a porta, acompanhada de um sujeito com ar de enfado.

Lobão se levantou.

— Sente-se — ela mandou.

Lobão sentou.

Seduza explicou o seu ponto de vista.

— Foi um incêndio criminoso, um atentado contra as minhas empresas.

— Considero que o incêndio foi acidental — disse o delegado.

Seduza suspirou.

"Um delegado que 'considera', era só o que me faltava."

— A perícia preliminar constatou que o imóvel estava muito deteriorado, sem as menores condições de segurança — acrescentou o doutor Lobão. — As saídas de emergência estavam obstruídas e todos os extintores tinham a data de validade vencida.

Seduza contou até dez para não perder a calma.

— Um, quatro, seis, dez.

O doutor Lobão percebeu que a dona da casa não admitia ser contrariada. Acomodou-se melhor na poltrona, imaginando se ela não seria maluca. A mulher tinha um buraco na cabeça (o chumaço de cabelo que ela arrancara), e um olhão vidrado (a pupila dilatada pelos remédios de Tadeusz).

"Onde foi que eu vim me meter?"

Seduza chamou o mordomo.

— Tadeusz. Sirva um uísque ao nosso convidado.

— Obrigado, mas eu não bebo.

— Um suquinho, então?

Lobão agradeceu de novo.

Seu faro de policial achou que tinha alguma coisa errada com aquele mordomo.

— Conto com o senhor para me ajudar a resolver esse mistério — disse Seduza.

— Farei o que for possível. Mas a perícia também constatou...

Seduza interrompeu.

— ... que o incêndio foi acidental, blá-blá-blá! Eu não aguento mais ouvir essa chorumela!

Lobão empurrou a poltrona para trás. "Agora ela pula no meu pescoço!"

Seduza chegou perto.

— Delegado Pavão.

— Lobão.

— O que for. Escute bem. Sou uma cidadã exemplar, pago todos os meus impostos em dia (não era verdade), um dos meus laboratórios é incendiado por vândalos e TUDO TEM QUE FICAR POR ISSO MESMO?!

Lobão tentou recuar mais, porém a poltrona já tinha encostado na parede.

— EU EXIJO QUE A POLÍCIA TOME PROVIDÊNCIAS!

* * *

O resultado do incêndio: as Empresas Reunidas Borromeo foram multadas em cem salários-mínimos porque o imóvel não cumpria os requisitos básicos de segurança.

Seduza saiu de novo nos jornais, e não era nas colunas sociais, como ela gostava. Ademais, suas fotos estavam péssimas. Cada olheira que parecia uma ladeira asfaltada. Também, ela tinha sido acordada no meio da noite!

Empurrou o prato de comida e pediu uma taça de champanhe.

Junito enxugou o lábio com o guardanapo.

"Desse jeito ela vai acabar numa clínica."

Seduza bebeu o champanhe de uma única talagada.

— Tadeusz, traz logo a garrafa! E eu quero o sargento Bernal aqui! Vá chamar.

— Sim, senhora.

— Não precisa. Deixa que eu vou falar com ele pessoalmente.

* * *

Na ala dos empregados, o ex-militante das FARC (Forças Armadas Revolucionárias da Colômbia, um grupo paramilitar que combate o governo daquele país), sargento Bernal Villa, palitava os dentes com sua faca de campanha. Aquilo é que era vida! Tirou um fiapo de carne do pré-molar e ficou chupando. Experimentou a lâmina: afiada feito navalha. Tinha orgulho daquela arma, que usava até para fazer a barba. No cabo, havia marcas feitas a canivete.

— O que significam essas marcas? — perguntara Seduza no dia da entrevista de emprego.

— *Cada una representa un hombre que maté.*

Bernal tinha três dentes de ouro, dos quais era muito orgulhoso.

— Esses dentes não brilham à noite durante a missão? — indagou Seduza.

— *Yo no sonrio nunca, señora.*

Ganhou o emprego.

O páreo havia sido duro. Assassino desempregado é o que não faltava, muitos queriam a vaga.

Bernal concorrera com um criminoso de guerra sérvio, um neonazista alemão e um mercenário de Serra Leoa que usava um colar de dentes humanos.

O veterano das FARC ficou muito orgulhoso por ter vencido a disputa (se bem que ele teve uma ajudinha de Tadeusz, seu velho amigo).

Sim, acertou. Se era coisa ruim, tinha o dedo de Tadeusz.

Depois que saiu fugido do Brasil, Tadeusz tinha dado um tempinho na Colômbia, como você já sabe.

Lá no degredo (*degredo*... palavra esquisita, né? É mais ou menos como exílio, quando alguém é obrigado a abandonar a terra onde nasceu), o mordomo ficou chapa de um sujeito chamado Galia, ou Garcia, ou Barral. Como era um militante das FARC, tinha de ter várias identidades para não ser preso.

Você já deve estar pensando: "Esse tal de Galia ou sei-lá-o-que só pode ser o tal do Bernal que palitava os dentes com a faca na cozinha!"

Era.

Taudesz voltou ao Brasil, trazendo o novo amigo.

— Lá tem bandido de sobra — dissera Tadeusz. — Mas nenhum qualificado.

* * *

Seduza entrou desembestada na ala dos empregados.

— Sargento!

Bernal levantou num pulo.

— *Sí, señora!*

— Quero que você investigue o incêndio na minha fábrica e traga para mim os culpados.

— *Sí, señora.*

— Vivos.

Ele pareceu decepcionado.

— *Sí?*

— Quero olhar bem na cara deles.

— *Sí.*

— A polícia diz que o fogo foi acidental. Mas eu sei que não foi.

— *Sí?*

— Quero os culpados aqui o mais rápido possível.

Bernal bateu continência e saiu.

* * *

O laboratório agora era apenas uma montoeira de escombros.

Bernal esquadrinhou tudo. O menor pedaço de tijolo chamuscado era apalpado e cheirado. Como tinha sido mateiro na selva, tinha olfato de lobo e olhos de condor.

No pátio, descobriu um pelo branco de cachorro. Todos os cães de guarda eram pretos; logo, ali estava o primeiro indício dos invasores.

* * *

— Isso não ajuda em nada — disse Seduza, olhando o pelo em cima da mesa. — Cachorro vira-lata é o que não falta nessa cidade!

O sargento, que não era lá muito acostumado a usar o cérebro, coçou a orelha.

— Eu quero resultados, seu *cucaracha*! Pra que é que eu mandei te buscar lá na selva?! Eu quero os culpados aqui. Pra ontem!

O sargento Bernal saiu rapidinho.

Junito olhou o relógio.

— São dez da manhã. Hora de tomar um drinque.

Ofereceu um copo a Seduza, que recusou.

— Só um golinho, querida. Você não dormiu nada a noite toda.

Ela jogou o copo na parede.

Junito se protegeu atrás de uma coluna.

— Tem caroço nesse angu — disse Seduza.

— Também acho.

— Primeiro, a sabotagem na fábrica de patê. Depois, esse incêndio. É muita coincidência.

— Também acho.

12 OS MENINOS PERCEBEM QUE MARIA CORRE PERIGO

Matias brincava com o coelho que tinha salvado do fogo.

— Você tem o olho vermelho. O contraste com esse pelo preto dá o maior visual.

O coelho olhou para ele e piscou.

— Acho que eu vou te chamar de Labareda. Por causa dos seus olhos e por causa do incêndio.

O coelho se escondeu embaixo da cama e caiu no sono imediatamente. Era o seu lugar predileto.

— Dormiu — constatou Matias. — Por que você gosta tanto de ficar embaixo da cama, hein? — acrescentou baixinho.

— Porque é mais fresco — disse Sandino, que vinha entrando.

— Sandino, andei navegando na internet atrás de notícias sobre a Lady Seduza. Ela ficou viúva pela sétima vez.

— Caramba.

— O pai da Maria foi o sétimo marido. Todos os outros morreram de forma violenta. O primeiro caiu da varanda do apartamento. O segundo foi assassinado num assalto. O terceiro, enforcado por um nó de gravata; e o quarto, eletrocutado na banheira.

— E o quinto e o sexto?

— O quinto, de congestão, se afogou na piscina. O sexto, queimado vivo numa câmara de bronzeamento artificial.

— Caramba.

— Recentemente, como sabemos, ela comprou a fábrica de patê de fígado de ganso. O dono não queria vender, e morreu logo depois.

— Caramba. Parece que todo mundo que topa com essa mulher acaba morrendo!

— Pois é. E tem mais, Sandino: a tal da Lady Seduza é madrasta da Maria, esqueceu?

Não, Sandino não tinha esquecido.

— Você quer dizer que...

— Ela corre perigo.

— A Lady Seduza vai matar a Maria!

— É possível. Se a Seduza assassinou os maridos, pra que vai querer uma herdeira no pé dela?

— Então vamos pegar a megera!

— Sem provas a gente não pode fazer nada, Sandino. Mas eu pensei numa coisa.

— O quê?

— O Lobão.

— O seu cunhado?

— É.

— Mas ele é um tonto.

— Ele é delegado, e pode ajudar a gente.

Sandino estalou os dedos. O coelho abriu os olhos e voltou a dormir.

— Matias...

— Fala.

— Por que é só nos livros que os maus saem perdendo?

* * *

O dia estava tranquilo na delegacia. Pelo menos até aquele momento.

Lobão abriu a garrafa térmica e tomou um gole de café. Cuspiu tudo.

— Frio!

Aquela mulher não lhe saía da cabeça.

— Lady Seduza. Isso é nome de gente?

O jeito mandão, o nariz empinado; na verdade, o resultado de doze cirurgias plásticas, mas ele não tinha como saber disso.

Matias entrou na sala sem ser anunciado.

— Matias.

Sandino entrou logo atrás.

— E Sandino. A dupla.

— Preciso falar com você — disse Matias.

— Eu também — disse Sandino.

Os dois cruzaram os braços.

* * *

Lobão escutara tudo que os meninos tinham a dizer.

No princípio achou que era coisa de criança. Mas os meninos sustentavam que os animais do zoológico tinham sido roubados a mando de Seduza Borromeo. E que a fábrica tinha sido sabotada por causa disso. Que fora tudo obra de um grupo de proteção aos animais.

(Claro que os dois esconderam a parte da história em que eles é que tinham explodido a fábrica. Mas pelo menos num ponto não estavam mentindo: a explosão fora obra de um grupo ambientalista mesmo.)

— Como é que vocês sabem disso? — tinha perguntado.

— Sabendo — dissera Matias.

Sandino também não esquecera da fazenda de abate de minks.

— Era uma fazenda das empresas da Lady Seduza!

Pensando bem, raciocinava Lobão, as suspeitas dos moleques faziam sentido. Era uma estranha cadeia de eventos: o laxante sabotador da festa de inauguração da nova fábrica de Seduza, os animais roubados do zoo, o desmonte da fazenda clandestina e o laboratório explodido. Tudo estava relacionado àquela mulher!

E por que a maluca insistia que a explosão tinha sido um atentado também? O que ela temia?

Por causa disso, ele quis saber mais.

Investigou e descobriu que Lady Seduza, antes do casamento com o milionário Saulo Borromeo, havia sido engolidora de espadas num circo, cobradora de ônibus e dançarina. Que casara mesmo sete vezes e que todos os seus maridos tinham morrido de maneira suspeita. Que seu nome verdadeiro era Edinalva dos Santos.

Das duas uma: ou aquela mulher dava azar ou...

Suspeita nº 1: estava sofrendo perseguição de um grupo ambientalista contra suas empresas.

Mas sua intuição de policial descartava essa possibilidade.

Suspeita nº 2: a longa lista de maridos mortos, a morte do sétimo e a do proprietário da centenária fábrica de enlatados não seriam simples coincidências.

"E, pelo que eu li nos jornais, o velho não queria vender nem a pau! E depois apareceu morto."

Logo, Matias tinha razão mais uma vez: Edinalva-Seduza tinha deixado cadáveres pelo caminho, os dois últimos mortos em circunstâncias misteriosas.

Os meninos acenderam uma luzinha no cérebro de Lobão.

"Aí tem coisa."

* * *

Matias e Sandino entraram no metrô.

— Vamos pra lá agora?

— Eu vou sozinho, Sandino. Lá não pode entrar criança.

— E você já é adulto, por acaso?

— Um só a Dodoca consegue colocar pra dentro. Dois não dá. E eu sou parente.

Os dois se despediram, batendo as mãos.

— Depois te dou notícias — gritou Matias.

Matias desceu na estação Clínicas.

Ele tinha uma prima chamada Doroteia, que ele chamava desde pequeno de Dodoca.

Dodoca era médica legista. Tinha escolhido a área de medicina legal, para ajudar a resolver crimes. A prima, alta e loira, sardenta e bonita, veio falar com ele.

— Matias, você sabe que aqui não é lugar de criança.

Matias viu que o avental dela estava sujo de sangue.

— Vim aqui por causa de uma suspeita.

— Eu tenho que trabalhar. Vai pra casa que depois te levo ao cinema.

— Eu não quero ir ao cinema. Quero falar com você.

Dodoca estranhou a seriedade do primo. Olhou em volta.

— Vem aqui.

Os dois entraram numa saleta.

— Você conhece uma tal de Lady Seduza Borromeo? — perguntou Matias.

— Já ouvi falar.

— O que você sabe dela?

— Que ela é rica.

— Que mais?

— Nada. Eu lá tenho tempo de ler coluna social, Matias?

— Preciso de um favor.

— Fala.

— Essa mulher herdou uma fortuna, e o marido morreu de um jeito esquisito. Depois, ela quis comprar uma fábrica, o dono não queria vender, e também morreu de um jeito esquisito.

Dodoca olhou a hora no relógio.

— Sabe o caso dos chimpanzés roubados do zoológico? — disse Matias.

— A cidade inteira sabe. E daí?

Matias contou tudo.

E Dodoca prestou atenção em tudo.

13 *TÁTICAS DE GUERRILHA*

Morrendo de medo de perder o emprego (emprego para bandido não estava fácil; a oferta de facínoras era grande), Bernal voltou à fábrica e revirou tudo mais uma vez.

O muro tinha sido derrubado pelos caminhões dos bombeiros, o arame farpado fora amontoado num canto.

O sargento Bernal Villa sorriu com seus dentes de ouro (era mentira que ele nunca sorria, como tinha dito a Seduza no dia da entrevista de emprego. Sempre sorria quando matava alguém, por exemplo).

Tinha encontrado uma pista no laboratório, um pedaço de camiseta. Sujo de sangue.

* * *

Seduza pegou o pano rasgado com nojo.

— O que é que eu vou fazer com isso?

— *Puede ser un indício, señora* — disse Bernal. — *Una... pista...*

— Eu não quero pistas, não sou detetive. Quero os culpados!

Seduza escorraçou o sargento dali.

Estava ficando mais e mais nervosa. Furibunda. Possessa.

* * *

Tadeusz e Bernal se reuniram na copa.

— *Ya no se más lo que hacer, Juan Tadeu, hermano.*

— Tadeusz — corrigiu o mordomo.

— Ah, *sí.*

Tadeusz acendeu uma cigarrilha.

— Tenho um palpite. Investigue a fábrica de enlatados. Aquilo do laxante foi um golpe planejado. Esses incidentes seguem um padrão: primeiro, uma fábrica sabotada; depois, um laboratório incendiado. Parece tudo coincidência, mas eu não acredito em coincidências.

Tragou a cigarrilha; a brasa brilhou mais forte.

— Me dê notícias sobre o andamento das investigações.

Tadeusz guardou o trapo rasgado.

Bernal fez o que Tadeusz tinha mandado.

Assuntou aqui e ali na fábrica de enlatados e descobriu que dois novos empregados haviam sido admitidos no dia da festa, e depois tinham desaparecido.

— Sabia que tinha alguma coisa errada com aqueles dois. Eu peguei os dois no flagra roubando comida — disse o gerente da fábrica.

Bernal fez mais duas ou três perguntas, às quais o gerente não soube responder.

— Eram dois desleixados — comentou o gerente. — Foram embora e largaram o uniforme todo amarrotado no chão.

O veterano pegou o celular e começou a ligar para Tadeusz, mas parou.

"*¡Se acabaran los minutos!*", isto é, o telefone estava sem créditos.

Pediu para usar o telefone.

Telefonou, passou o relatório, escutou as instruções de Tadeusz e desligou.

— *¿Usted ha mandado los uniformes a lavar?*

— Já, que eu não brinco em serviço — garantiu o gerente. — Mas esse pessoal da lavanderia é muito incompetente. É capaz de a roupa suja nem ter saído daqui ainda.

Bernal pegou o uniforme dos dois cumins (cumim é o nome do aprendiz de garçom).

Tadeusz ficou satisfeito. Ainda mais que encontrou um pelinho enroscado num botão.

— Um fio de cabelo. Pela espessura, parece um pelo de sobrancelha.

— *¿Sombrancelho?*

— Sobrancelha. *Ceja.*

— *Ah, sí.*

— Bom trabalho, Bernal.

Tadeusz mandou examinar o pelinho de sobrancelha e o trapo rasgado que Bernal encontrara preso na cerca.

O resultado foi que o pelo de sobrancelha e a mancha de sangue no tecido tinham o DNA da mesma pessoa.

O exame descobriu ainda que também havia indícios do pelo branco de cachorro do laboratório nos aventais.

— *¡Lo mismo perro!* — disse o sargento Bernal, se lembrando das pistas que encontrara nos escombros do laboratório.

Tadeusz deu uma risadinha.

Estavam chegando perto.

14 UM COELHO ABSURDO

Sandino tentou mais uma vez dar um pedaço de cenoura para o coelho, que nem triscou a guloseima.

— Nunca vi um coelho que não gosta de cenoura.

O enorme coelho preto não comia nada desde o dia em que fora resgatado do laboratório pelos meninos.

— O que será que ele come?

Matias estava preocupado com outras coisas.

— O que a gente fez foi muito errado.

— Também acho. Esse bicho deve gostar de outro tipo de comida.

— Não estou falando disso, moleque — disse Matias. — Estou falando do laboratório onde a gente tacou fogo.

— E daí? Ninguém descobriu nada. Saiu no jornal que o incêndio foi um acidente.

— Mas não é verdade. A gente destruiu propriedade privada.

— E daí, Matias? A tal da Lady Seduza mereceu. Eles torturavam animais naquele lugar. Foi bem feito!

Sandino agarrou o coelho e tentou dar a cenoura à força.

— Come, coelho!

— Deixa o bicho em paz! Quando sentir fome, ele come.

— Acho que ele não gosta de cenoura.

— Precisamos repensar os nossos métodos. Destruição de propriedade é uma das coisas proibidas. O NAMA precisa agir de acordo com o estatuto.

— A gente agiu — insistiu Sandino. — Eles faziam testes em animais, a gente destruiu tudo. Só tenho pena dos bichos que morreram... Quando me lembro do Peteleco, me dá vontade de chorar. Aquela excomungada da Lady Seduza!

Sandino ficou com os olhos cheios de lágrimas.

— Perdi bons amigos lá.

— É. Bichos são amigos. Não nasceram pra ser maltratados.

— Aquele lugar é uma filial do inferno. Minha mãe morreu de tanto absorver substâncias tóxicas pela pele.

— Sua mãe? Do que é que você está falando? — perguntou Matias.

Sandino estava branco. Parecia que tinha visto um fantasma.

— O coelho!

— Muito prazer. Meu nome é...

Os dois subiram em cima da cama.

— O COELHO FALOU!

— ... acabo de me dar conta de que nunca me deram um nome. Só agora. Labareda. Eu era apenas o coelho preto, número de série 174517. A cobaia do departamento de engenharia de reposição de tecidos.

— O coelho tá falando, Matias!

— Eu ouvi, não sou surdo!

— Surdo? Conheci um rato que ficou surdo. Implantaram uma orelha humana nas costas dele. O resultado foi que o canal auditivo do roedor ficou hipertrofiado. O pobre coitado ficou neurótico, qualquer barulhinho era para ele uma orquestra no ouvido, até que perdeu a audição de vez. Mas eu estou falando de outro caso. Implantes de células vivas. Queriam provar que era possível fazer um coelho novo das minhas células, mas, diferentemente da ovelha Dolly, o objetivo dos cientistas era criar um clone que serviria para "repor" os órgãos danificados à medida que eles fossem envelhecendo.

— Você fala! — disse Matias.

— Claro que eu falo. Mas, como ia dizendo, a ideia era criar um substituto biológico da minha pessoa. Um duplo, para servir de reserva de órgãos. Depois, a estrutura morfológica desse indivíduo seria utilizada de modo a se regenerar. Tudo isso seria depois processado na forma de um elixir rejuvenescedor. Que nem salsicha, sabe?

— Por que você não falou antes?

— Vocês não tinham me perguntado nada. O que, aliás, achei de certa forma grosseiro, mas, levando em conta a idade dos dois, relevei. Porque de fato vocês são apenas duas crianças...

Matias desceu da cama.

— Parece que esse bicho engoliu a pílula do doutor Caramujo!

— Não tive a honra de conhecer esse cidadão — disse o coelho. — É cientista?

— É — respondeu Matias, cada vez mais confuso. — Do *Sítio do Picapau Amarelo.*

O coelho coçou o focinho.

— Nunca estive num sítio. Aliás, nunca estive em lugar nenhum. Só numa gaiola.

Era um roedor muito educado. Falava cheio de mesuras.

— Caramba! — disse Sandino.

— Um coelho falante!

— Um de vocês poderia me conseguir um chá, por favor, ou um sanduíche? Essa cenoura não me apetece.

* * *

O doutor Lobão não aguentava mais tanta pressão.

De um lado, a imprensa; de outro, o pai de Lúcia.

O sogro queria que ele pedisse logo a mão da noiva.

— Não quero saber de sem-vergonhice no portão!

Ai, ai, ai, ai, ai...

Agora era Lúcia que colocava o coitado contra a parede.

E ainda tinha aquela mulher, a dona das empresas Borromeo. O mordomo dela vivia ligando para saber se havia novidades.

— Lady Seduza gostaria que o senhor a mantivesse informada.

Desde a visita de Matias e Sandino, Lobão andava de olho nela. Aquela mulher tinha mesmo o comportamento muito suspeito.

"Suspeitíssimo, aliás."

— Faberzinho, você ouviu o que estou dizendo?

O coitado do Lobão estava a ponto de ter um treco.

— Cadê o meu creme esfoliante?

— Creme?

— É, o Sable!

Lobão tinha encontrado o tal creme numa loja do shopping. Custava uma nota!

— Pode ficar pro mês que vem?

Lúcia sentiu pena dele. Coitado, trabalhava tanto.

— Pode.

— Estou estressado.

— Por quê?

— Por causa dos atentados a essas empresas do grupo Borromeo.

Lúcia deu um pulo.

— Borromeo? Da linha de cosméticos Borromeo?

— Acho que sim. Eles têm um monte de negócios em todos os ramos. Andei investigando.

— O creme que eu quero é fabricado por eles! O creme Sable, da Borromeo!

— Esse que custa mais de quinhentão?

— Vale cada centavo.

— Agora eu sei por que a tal da Lady Seduza é tão rica.

— Lady Seduza? Ela é demais! Uma deusa! Você conheceu a poderosa?

— Infelizmente.

— Você pode pedir pra ela!

— Pedir o quê?

— O creme! E toda a linha de produtos!

— Lúcia, isso configura suborno. Ou favorecimento. Sou um delegado de polícia. Não posso fazer uma coisa dessas.

Lúcia cruzou os braços e virou de costas.

Lobão suspirou.

"Ai, minha gastrite."

* * *

Labareda comia um biscoito de chocolate. Lambia o recheio e depois roía o biscoito rapidamente.

— Esse bicho é muito esquisito — observou Sandino. — Fala que nem gente e come bolacha que nem rato.

O telefone tocou.

— Matias, é pra você! — gritou a Lúcia. — A Dodoca!

Matias hesitou. Dodoca tinha ficado de investigar as coisas, as suspeitas dele.

— Atende lá, deve ser importante — disse Sandino. — Eu fico aqui com o coelho.

— Labareda — disse o coelho.

Estava feliz porque agora tinha um nome.

— MATIAS, TELEFONE!

Matias correu:

— Eu atendo aqui em cima!

— Alô.

Dodoca estava eufórica.

— Matias, eu fui atrás dos laudos. A necropsia deu que o tal do doutor Saulo Borromeo morreu de ataque cardíaco. E o velho dono da fábrica de comida em lata também!

— Isso eu já sabia! Saiu no jornal.

— Mas os sintomas... nunca vi alguém sangrar pelos olhos depois de um infarto.

— Pelos olhos?

— Os dois suaram sangue. Tem algo de podre nessa história. Você tinha razão, moleque!

* * *

Lobão fazia a barba na pia da sua sala na delegacia, usando um espelho quebrado. "Preciso me lembrar de trazer um espelho novo de casa. Essa delegacia está caindo aos pedaços."

Matias entrou sem bater. Ao lado dele, a prima Dodoca.

— Matias, de novo. E Dodoca? O que você está fazendo aqui?

Dodoca jogou uma pasta em cima da mesa.

— Lobão, você precisa ver isso.

Lobão, com a cara cheia de espuma, folheou a papelada.

— Os laudos das autópsias de Saulo Borromeo e de Euclides Xavier. Não é o dono daquela fábrica de comida em lata? Ele morreu de ataque cardíaco, pelo que me lembro.

— Alguém alterou os laudos — disse Dodoca.

— O quê?

— Ela disse que alguém alterou os laudos! — falou Matias. — Tá surdo?

Lobão olhou para a médica.

— Isso é muito sério, Dodoca.

— Eu sei.

Lobão fechou a pasta.

— Quem fez as autópsias?

— Dois médicos que pediram demissão. Um deles foi morar no Caribe, o outro nas Seychelles. Cada qual comprou uma ilha.

— Viu? — cutucou Matias. — Eu disse que tinha alguma coisa errada com a tal da Lady Seduza.

— Conheci esses dois médicos, Lobão. Um vivia no cheque especial, o outro morava de aluguel no centro. Num quarto e sala.

— Como é que dois pé-rapados ficam ricos desse jeito? — perguntou Matias. — E de uma hora pra outra!

Pensativo, Lobão enxugou o rosto com uma toalha.

— Assim a coisa muda de figura...

Dodoca apontou o queixo dele.

— Você fez a barba de um lado só.

Matias mostrou o espelho desbeiçado.

— Deve ser porque só tem a metade do espelho.

15 NO COVIL DA SERPENTE

Seduza visitava as instalações do novo laboratório que mandara construir.

Tudo fora projetado de acordo com o projeto do "Prêmio Nobel", que era como ela chamava o cientista-chefe encarregado de suas pesquisas.

Naquele momento, o Prêmio Nobel entrevistava um candidato a emprego. Uma vaga de biólogo. Aquele era o centésimo primeiro. Ainda havia seiscentos biólogos desempregados esperando do lado de fora.

Seduza sentou ao lado dele para ouvir a entrevista.

Como o pobre não falava inglês, não tinha especialização em Harvard, foi dispensado.

— No Brasil só tem cientista amador, ó pá! — disse o Prêmio Nobel. — Uma choldra! Chusma de parvos!

O próximo entrevistado era magricelo e amarrotado. O Nobel aprovou logo de cara. Na opinião dele, um cientista não podia perder tempo com meiguices. Tinha de ser devotado à causa da Ciência, ou seja, não podia gostar de tomar banho.

— Onde o senhor estudou?

— Na Universidade de São Paulo — respondeu o entrevistado.

— Ah, não tem especialização em Yale?

— Não.

— Nem na Columbia University?

— Nunca fui aos Estados Unidos — disse o homem. — Mas fiz doutorado em Cuba.

O cientista deu um pulo.

— Está contratado!

O moço mal podia acreditar no que tinha escutado. Ficou tão feliz que deu um abraço no Prêmio Nobel.

Assim que ele saiu, Seduza quis saber por que o cientista tinha contratado o magricelo tão depressa.

— Ele nem estudou nesses lugares todos que o senhor falou aí.

— Eu sei o que faço, Lady Seduza.

— É bom mesmo. Porque eu não gasto o meu dinheiro à toa.

— Cuba é um centro de excelência na área das Ciências Biológicas.

Seduza fez cara de que tinha entendido.

— Ah, sim.

* * *

O pai de Sandino chegou em casa carregando uma bola de capotão novinha, um *game* e um vestido para a mãe.

— Sandino, Sandino!

Sandino não respondeu, não estava em casa.

O pai de Sandino abriu a geladeira, tomou um gole de água gelada e derramou um pouco na cabeça. Estava eufórico.

— O Sandino e a Mãe vão ficar radiantes quando souberem que arranjei emprego!

Estava tão feliz que chorou. Procurou um lenço pra assoar o nariz, não achou e usou o pano de prato mesmo. Depois enfiou no bolso, para a Mãe não ver.

* * *

Guiada pelo Prêmio Nobel, Seduza conheceu todas as instalações do novo laboratório.

— Dá pro gasto.

O cientista-chefe ficou ofendido.

— Tudo tecnologia de ponta. Eu mesmo andei a escolher o maquinário. Veio da Finlândia e da Suécia, ó pá.

— Quero tudo do bom e do melhor.

— E o mais importante: o quadro de funcionários agora está por fim completo! *Sifazfavoire*, podemos dar continuidade às nossas pesquisas!

— La Vie — Seduza pronunciou eufórica. — O elixir da longa vida! Vou ser imortal! Terei poder! Poder!

* * *

Sandino entrou em casa ainda meio tonto com os últimos acontecimentos. Primeiro, o que tinha visto no quarto de Matias. Um coelho falante! Tão falante que ainda estava tagarelando quando ele tinha saído de lá. E a descoberta de Dodoca. Mais mistérios envolviam a tal de Lady Seduza.

A luz estava apagada. Ele estranhou. O pai já devia ter chegado da entrevista de emprego.

De repente, ouviu um estouro.

Era o pai com uma garrafa de champanhe na mão.

— Filhão!

— Caramba, pai, que susto!

A mãe saiu da cozinha e deu no filho um abraço tão apertado que Sandino ficou sem fôlego.

— O pai conseguiu um emprego!

Sandino ficou ainda mais emocionado do que já estava. Que dia cheio!

O pai o abraçou, feliz.

— Plano de saúde, décimo terceiro e fundo de garantia!

A mãe chorava, Sandino começou a chorar.

Os três choraram abraçados.

A mãe de Sandino assoou o nariz.

— Como é mesmo o nome da empresa, querido?

— Borromeo.

Sandino arregalou os olhos.

* * *

O pai de Sandino começou a trabalhar numa linda manhã de sol. Como era muito vivo, já tinha separado as provetas das pipetas e colocado tudo no lugar. O cientista-chefe, que gostava de ordem, ficou muito satisfeito.

Na hora do almoço, os empregados foram informados: teriam de fazer exame médico.

Na verdade, instruída por Tadeusz, Seduza mandara pegar uma amostra de sangue de cada um dos empregados para conferir com o DNA dos sabotadores das empresas (lembram-se do pedaço da camisa de Sandino que tinha rasgado no arame farpado? Estava sujo de sangue).

— Assim vamos encontrar o terrorista, senhora.

— Isso mesmo, Tadeusz. Você merece quanto ganha.

— O sabotador pode estar infiltrado entre os empregados. Pode ser alguém aqui de dentro.

O pessoal formou fila na frente do ambulatório.

Um dos empregados reclamou.

— Exame de sangue é contra a lei. Discriminação.

— Quer ser demitido? — ameaçou o gerente.

O reclamão foi logo arregaçando a manga.

O restante do pessoal achou melhor ficar calado.

16 ALGUÉM QUE NÃO SE VENDE

Lobão tomou um gole do seu antiácido. Dava para fritar um bife em sua barriga.

Mas estava feliz. Em cima da mesa de trabalho, já fora da embalagem, porque ele queria fazer surpresa para a namorada, tinha colocado o creme Sable da Borromeo. Leu na caixa: creme esfoliador para peles sensíveis.

Ele tinha parcelado em seis vezes sem juros no cartão de crédito.

A Lúcia ia adorar!

O telefone tocou.

— Chegou? Pode mandar entrar.

O mordomo daquela mulher maluca.

Só que, desta vez, Lobão é que tinha chamado Tadeusz para conversar. Uma conversa informal.

Tinha esquadrinhado os registros e nada constava sobre aquele homem.

"Ficha na polícia ele não tem. A não ser que tenha mudado de nome."

O mordomo entrou com uma linda cesta.

— Presente de Lady Seduza.

Na cesta de alimentos, envolvida com papel celofane, Lobão viu champanhe, latinhas e chocolates.

"Deve ser coisa fina."

— Obrigado, mas não posso aceitar.

Tadeusz insistiu.

Lobão se levantou. Estava começando a ficar ofendido. Que vontade de colocar aquele sujeito no xilindró!

— Eu disse não. Não é não, meu senhor. Além do mais, chamei o senhor aqui por outros motivos.

Tadeusz ergueu a sobrancelha.

— Há quanto tempo o senhor trabalha para a senhora Seduza Borromeo?

Tadeusz ergueu a outra sobrancelha.

* * *

Seduza arrancou a cesta das mãos de Tadeusz.

— Que idiota aquele delegadozinho!

— Disse que não podia aceitar.

— Caviar iraniano? *Foie gras*? Champanhe francês?! Aposto que aquele pé-rapado nunca comeu essas delícias!

Seduza abriu um dos bombons.

"Droga, por que é que eu tinha que ter chamado esse delegado aqui? Agora ele está desconfiado. Será que sabe de alguma coisa?"

— Afinal de contas, o que esse sujeitinho queria?

— Ele fez muitas perguntas, senhora.

— Intrometido.

— Pode ir longe demais.

— Eu mato.

— É bom não facilitar. Posso dar uma sugestão?

— O que é?

— Eu vi em cima da mesa do delegado um dos produtos de suas empresas.

Seduza ficou interessada.

— Qual?

— O creme Sable.

— Sable? Um esfoliante. Que vaidoso.

— Acredito que não seja para ele, Lady Seduza.

— Logo vi. Aquela gravata horrorosa, o sapato empoeirado. Será que ele é casado?

— Noivo.

Seduza sorriu. Tadeusz era muito bem informado.

— Qual é a sua sugestão, Tadeusz?

— Se a futura senhora Lobão gosta da nossa linha de produtos, podemos mandar alguns presentes para ela. Com chocolates. Lembre-se de que namorados costumam saborear bombons juntinhos.

---

17 O MAPA DO INFERNO

Depois do exame médico, todos os funcionários tiveram de assinar um termo de compromisso: não podiam falar com ninguém sobre o que se passava ali. As pesquisas do laboratório eram muito secretas.

O pai do Sandino logo ficou conhecendo todas as atividades do laboratório.

Só num lugar ele não podia entrar. Uma ala secreta chamada Belta.

Na hora do almoço, todo mundo comentava que lá se faziam experiências inovadoras, que só um prêmio Nobel podia entender. Para abrir a porta blindada da ala secreta era preciso usar um crachá especial. Só quem tinha acesso era o Prêmio Nobel e a dona das Empresas Reunidas Borromeo, uma tal de Lady Seduza.

Que segredo aquelas portas guardavam? Bom, não era da conta dele. O pai do Sandino estava radiante com o novo emprego. Sua maior preocupação era o filho. O que a mulher ganhava como professora era tão pouco que mal podia pagar o básico: água, luz, telefone e o arroz com feijão.

18 *UM PRESENTE MORTAL*

Lady Seduza, Lady Seduza. Lobão não pensava em outra coisa.

Lady Seduza.

Estava tão absorto que sentou em cima do gato da Lúcia, o Pão de Ló.

— Opa!

A mãe do Matias avisou lá de cima:

— A Lúcia já vai!

Lúcia desceu a escada. Trazia uma caixa de bombons.

— O meu noivo é maravilhoso!

Beijou Lobão.

— Que alegria é essa?

— Danado.

Lobão achou que ela falava do creme esfoliante.

— Você já sabe?

— Claro.

Ele pegou o creme no bolso do paletó.

— Era para ser surpresa.
— Surpresa?
Ela viu o creme.
— Mais um? Eu recebi a cesta que você me mandou! Com toda a linha de produtos da Borromeo!
Lúcia mostrou os chocolates.
— Até chocolate suíço!
Lobão, coitado, não estava entendendo nada.
— Chocolate?
— Ainda não comi nenhum. Estava te esperando. Vamos comer juntos!

* * *

Matias e Sandino estavam no quarto, tramando novos planos do NAMA.
— Matias... — começou Sandino.
— O quê?
— Tenho de contar uma coisa.
— O que é?
— O pai está trabalhando na Borromeo.
— O QUÊ?
— O pai está trabalhando no laboratório novo da empresa.
— Eu li no jornal a respeito! O laboratório é ultramoderno; o cientista-chefe é um prêmio Nobel!
— Esse mesmo.
— Como é que você não me disse isso antes, Sandino?
— Tava esperando a hora certa.
— A gente pode usar isso a nosso favor!
— Como?
— Sei lá!
— O pai é muito caxias. Não vai deixar a gente entrar lá nem a pau. Ainda mais que ele ficou um tempão desempregado. Não quer ir pro olho da rua de novo. Ele ficou todo feliz, me deu até um *game* novo.
— Qual?

— *Salvando a pele.*

— Que coisa! Se o seu pai fosse do NAMA, a gente tinha a chave pra entrar na toca do leão!

— Se...

— De qualquer forma, é bom saber que a Lady Seduza não é tão inatingível assim.

Um grito interrompeu a conversa.

— O que foi isso? — alarmou-se Matias.

— Sei lá!

— A minha irmã!

Matias e Sandino desceram a escada num pulo.

Lúcia estava com o gato no colo.

O bichano sangrava pelo focinho.

Lobão cheirava um dos bombons.

— O que aconteceu?

— O Pão de Ló teve um ataque! — gritou Lúcia.

— Ataque?

— Coitado! — lamentou Sandino.

Pão de Ló estrebuchou. Lúcia tomou um susto.

— Ai!

Jogou o gato para Sandino, que o pegou no ar.

— Não faz isso!

Sandino colocou o gato em cima do sofá com todo cuidado.

— Morreu.

Matias pegou um bombom mordido.

— Olha só. Ele comeu um chocolate.

Lobão deu um tapa na mão dele.

— Não toque nisso!

19 O RAPTO DOS MENDIGOS

Seduza estava sentada em sua cadeira forrada com pele de prepúcio de baleia-branca.

— O que o senhor quer dessa vez? Já não tem tudo de que precisa?

O cientista-chefe andava de um lado para o outro, muito nervoso.

— Quero falar sobre as condições de trabalho. Assim não dá para trabalhar! Os funcionários faltam, apresentam atestado médico e faltam de novo. Esse país é uma bagunça! E ainda tem a tal da licença-paternidade! Isso é uma piada, ó raios!

Seduza começou a contar.

— Um, quatro, seis, dez!

Bateu na mesa com tanta força que as lentes dos óculos do cientista tilintaram.

— Escuta aqui, seu preguiçoso! Eu já te dei cinquenta milhões para as pesquisas, te pago um milhão por semana, te botei num cinco estrelas, te pago quatro refeições por dia e você ainda não me apresentou nenhum resultado!

O cientista-chefe se encolheu.

— Mandei traficar animais silvestres de tudo quanto é tipo! Mico-leão-dourado, ariranha, jacaré, sagui... Até chimpanzé mandei roubar do zoológico! E urso-polar!

— Lady Seduza, urso-polar não carecia, ó pá...

— Foi pra ela fazer um casaco — explicou Junito.

— Calem a boca! Antas, lesmas, lacraias! Invertebrados!

"Ih, sobrou pra mim", pensou Junito.

— Até comprei uma fábrica de patê de *foie gras*, porque o senhor disse que tinha um negócio no fígado do bicho que era fundamental pra minha fórmula!

— Uma enzima — disse o cientista-chefe que, a essa altura, estava quase entrando embaixo da mesa.

— O diabo que for! Comprei a fábrica, me veio junto esse quadrúpede...

— Querida — disse Junito. — Assim você me ofende.

— Esse filhinho de papai que só sabe comer e beber à minha custa! Porque aquela fábrica não dá lucro nenhum!

Ela rodeou a mesa.

— Estou cercada de incompetentes!

Apontou o dedo para Junito.

— A lesma...

Virou para o cientista-chefe.

— O asno!

Os dois ficaram juntinhos para se proteger.

— Eu mando o sargento Bernal passar o senhor no fio da faca se não me apresentar resultados!

— Sim, senhora.

— Do que é que você precisa agora?

— Cobaias... humanas.

Seduza olhou para Junito.

— O quê?

— Gente.

— Eu entendi! Só queria ver se tinha ouvido direito!

Ela respirou fundo.

— Calma, Seduza, calma — disse para si mesma. — Você fez duas sessões de terapia só hoje. O *shiatsu*, a drenagem... Respire, respire. Oxigenação. Cérebro tranquilo.

O cientista-chefe pensou em sair correndo, mas a porta estava fechada.

Seduza respirou e falou muito calmamente:

— O senhor acha que gente vende em supermercado? Que eu posso sair, passar o cartão de crédito e comprar meia dúzia pra viagem?

O cientista estava com a boca seca. Nem conseguia responder.

— Senhora, se me permite...

Era o Tadeusz, que parecia nem estar ali antes.

— O que foi você também?

— Podemos utilizar mendigos. São seres sem nenhuma importância. Ninguém vai sentir falta.

* * *

O Totonho estava com fome.

Nada naquela lata de lixo, nada na outra. Um cidadão passou, ele agarrou a manga do paletó dele.

— Estou com fome.

O sujeito ficou com pena e lhe deu uma moeda.

Totonho mordeu a moeda. Era muito dura e não tinha gosto de nada. Jogou fora.

Foi então que viu um entregador de pizza numa moto. Sentiu o cheiro e pensou: "calabresa". Você sabe, tem coisas que a gente não esquece.

O moço ofereceu uma fatia, ele estendeu a mão. Tentou pegar.

O entregador o levou até um furgão parado no meio-fio.

Totonho entrou no furgão.

O motorista engatou a primeira e saiu cantando pneu.

20 GATO ESCALDADO

Lobão colocou o corpo do gato em cima da mesa de Dodoca, ao lado da caixa de bombons.

Matias e Sandino estavam consternados.

— Coitado do Pão de Ló — disse Sandino.

Dodoca ergueu uma pata. O corpo estava começando a ficar duro.

— O que foi que houve?

— Lady Seduza mandou essa caixa de chocolates de presente pra Lúcia. Foi ela! Aquela mulher tentou me matar.

PIZZA!

— Você tem provas, Lobão?

— Você me procura, coloca um monte de suspeitas na minha cabeça e agora vem me perguntar se eu tenho provas?

— Eu me precipitei. Tudo isso é muito arriscado. Eu posso perder a minha licença, você pode ser exonerado. Vamos com calma.

— Você precisa autopsiar o corpo — disse Matias.

— Isso mesmo — confirmou Sandino. — Autopsiar.

— Não sou veterinária.

— Vai ter que dar um jeito, Dodoca — disse Lobão. — Precisamos deter aquela mulher.

— Aposto que foi o mesmo veneno que matou o marido de Lady Seduza — insinuou Matias. — E o dono da fábrica de patê.

Dodoca pegou um chiclete.

— Dá um teco — pediu Sandino.

Ela mordeu, partiu em dois. Sandino pegou a metade.

— Mesmo se um veterinário constatar que a causa da morte foi envenenamento, e daí?

— Daí que a gente manda prender a Lady Seduza — disse Matias.

— Um veterinário não ia conseguir determinar que veneno é esse.

— E quem poderia fazer isso?

— Um bioquímico. Ou um biólogo.

Sandino quase engoliu o chiclete.

— O meu pai!

* * *

Tadeusz pegou um sapo amarronzado.

Estavam no laboratório Belta, ele e Bernal.

Lady Seduza, de tanta confiança, tinha lhes dado um cartão magnético.

O bicho começou a espernear e roncar.

Num tanque de areia envidraçado havia um escorpião do tamanho de uma régua: trinta centímetros!

— O raro escorpião de dorso rajado. A peçonha desse artrópode, associada à saliva da aranha barriguda da Tasmânia e farinha de trigo, é um veneno letal. Mata em segundos.

Bernal ficou incomodado.

— *Cierra la tapa derecho!*

Tadeusz abriu uma caixa de madeira com uns furinhos. Uma aranhinha verde mostrou a cabecinha e desapareceu lá dentro.

— Tão tímida.

Pegou uma barata viva, as antenas mexendo, e colocou lá dentro.

— Quem será o próximo? — perguntou Tadeusz.

O escorpião tinha picado o sapo. As veias explodiram e o bicho rebentou de dentro para fora. Igual pipoca.

— *Que asco!* — exclamou Bernal.

— Come, bichinho, come — disse Tadeusz com voz doce.

Bernal recuou.

— *Dios mio.*

* * *

O pai do Sandino telefonou para Dodoca do laboratório.

— O laudo dos bombons deu positivo, Doroteia.

— Positivo pra quê?

— Veneno — disse o pai do Sandino. — Uma substância indefinida. Pode ser um tipo de peçonha.

— Peçonha? De cobra?

— Não. De um artrópode. Talvez um escorpião. Ou até mesmo réptil.

— Ainda bem. Tenho pavor de cobra.

— Pode ser um sapo, também. Ou até uma aranha. É uma substância desconhecida. Misturada a um fármaco que ainda vou descobrir o que é.

— Quem pode ter feito isso?

— Alguém com grande conhecimento farmacológico. Um cientista, um bioquímico. Não posso afirmar. Só sei que é um mestre. Muito melhor que o prêmio Nobel que a gente tem aqui no laboratório. Só sabe reclamar e falar mal. O pessoal, pra se vingar, fica contando piada de português pra ele, só que ele não é português, é irlandês. Eu bem que falo: pessoal, ele não é português, mas ninguém acredita. Alô?

Dodoca já tinha desligado.

* * *

O pai do Sandino ficou pensando muito a respeito do tal veneno. Um laboratório capaz de produzir tal substância teria de ser um laboratório de última geração.

Olhou para a porta de metal blindado, incomum para um laboratório.

"Laboratório Belta", estava escrito na plaqueta.

21 *LADY SEDUZA FECHA O CERCO*

O exame de sangue dos funcionários do novo laboratório das Empresas Reunidas Borromeo ficou pronto em tempo recorde.

Tadeusz mandou cruzar as informações no computador.

Foi batata!

O DNA do pelo de sobrancelha encontrado num dos uniformes de cumim era idêntico ao da mancha de sangue no trapo que ficara preso no arame farpado do laboratório explodido, que, por sua vez, era igual ao da amostra do sangue de um funcionário novo.

"O círculo se fecha", pensou Tadeusz.

— Temos um suspeito, Lady Seduza.

— Um suspeito?

— O DNA das amostras coletadas no local das invasões e o de um dos nossos funcionários é o mesmo.

Seduza pegou o cortador de papel.

— Peguem esse desgraçado. Eu quero ele aqui agora. Vou estripar.

O sargento Bernal já foi concordando. Estripar era com ele mesmo.

Mas Tadeusz fechou a porta.

— Senhora, permita-me.

— O que foi?

— Recomendo cautela.

— Eu quero sangue.

— O exame de DNA é conclusivo. Mas temos que ir com mais vagar. O importante é ir fundo nas investigações. Podemos seguir o suspeito e desbaratar o bando todo.

— Bando? Você acha que é uma quadrilha?

— Eu acho que não — disse Junito, só pra contrariar. "Esse urubu de casaca me dá ódio."

— Ninguém pediu sua opinião — falou Seduza.

Junito começou a roer a unha.

Tadeusz olhou para ele com desprezo.

— Talvez haja outros bandidos, senhora. Ele pode ser apenas um deles. Esse tipo de ação requer planejamento e logística. Não é coisa para ser feita por um terrorista solitário.

Seduza ficou admirada: nunca tinha visto Tadeusz falar tanto.

— Você acha, é?

— Sem dúvida.

— O negócio está ficando muito complicado, Tadeusz — disse Seduza. — Quer dizer que o nosso funcionário faz parte de um bando...

— Um movimento organizado.

— Um grupo terrorista!

Tadeusz assentiu.

— Esse funcionário infiltrado pode ser apenas a ponta do *iceberg*.

Junito arrancou uma cutícula.

"Ponta do *iceberg*... Sujeitinho pedante."

— O que você sugere, Tadeusz? — perguntou Seduza.

— Segui-lo, investigar os seus hábitos e ver até aonde podemos chegar.

— Até que não é má ideia.

— Podemos mandar Bernal seguir o indivíduo, estudar o seu *modus operandi* e desbaratar a organização inteira.

— E depois matar um por um — disse Seduza.

— Como a senhora quiser.

Seduza picou o dedo com a ponta do abridor de cartas.

— Ui.

* * *

Matias tirou duas fatias de pão de forma de dentro da camisa e deu para o coelho.

— Só tem isso?

— Ainda quer mais? Tem até maionese.

— Dá um daqueles bombons pra ele — falou Sandino.

O coelho se interessou.

— Bombons?

— Envenenados.

— Não, obrigado. Não me apetece.

Matias estava cismado e bravo.

— Quem mandou aquela caixa de bombons queria matar o Lobão.

— E a sua irmã — concluiu Sandino.

— Não. Ela ia de lambuja. Querem pegar é o Lobão mesmo. Qualquer um que comesse aquilo batia as botas na hora.

— Eu sei disso — disse Sandino. E acrescentou com orgulho: — Foi o meu pai que descobriu. Pegou o microscópio e pimba! Na lata! O pai é fogo!

O coelho parou de mastigar e quis saber.

— Quem mandou a caixa de bombons? Por favor, não diga que é quem eu estou pensando!

— Lady Seduza, quem mais podia ser?

— Aaahhhhh!

O coelho saiu pulando e se pendurou no lustre.

— Desce daí! — ordenou Matias. — Se quebrar, o meu pai me mata!

— Esse nome de novo! Tenho medo só de ouvir esse nome! Não quero aquela desalmada perto de mim! Onde ela está? Eu fujo!

O coelho tentou pular pela janela.

Sandino o agarrou e ficou segurando-o pelas orelhas.

Labareda deu uma cambalhota e se soltou. Foi parar embaixo da cama.

— Se enfiou aí de novo — disse Matias. — Sai, Labareda!

— Não! Aquela mulher vai me pegar! Se ela mandou os bombons, pode estar por perto! Deve estar nos vigiando neste exato momento!

Sandino puxou a pata do coelho, que se agarrou no pé da cama.

— Caramba, esse coelho parece um polvo!

O estrado estalou. Com medo de ficar sem apoio, Labareda rolou de lado e foi bater na parede.

— Para de fazer barulho, bicho danado!

— Fala baixo, Sandino! Minha mãe vai ouvir!

Labareda estava agarrado ao rodapé.

— Ai, socorro, eu fiquei preso!

— Que preso o quê — disse Sandino. — Não tem nada aí, só a parede!

— Não consigo soltar as patas!

Quando os dois se aproximaram, viram que os dedos do coelho haviam arrebentado o rodapé de madeira e estavam enfiados no reboco da parede.

* * *

— Que loucura — disse Sandino, examinando os furinhos na parede. — Ele meteu os dedos lá dentro! Como se a alvenaria fosse manteiga!

— Como você fez isso?

O coelho esfregou o focinho como se quisesse arrancá-lo.

— Não se esqueça que eu sou um mutante. Por causa de tantas experiências, posso ter desenvolvido habilidades sobrenaturais. Como superforça.

Para comprovar sua tese, Labareda ergueu o criado-mudo com a pata traseira.

— Apesar disso, acho que machuquei o meu tendão flexor — falou o coelho, acariciando o dedinho.

Matias olhou para Sandino.

— O que você acha? O bicho é mais forte que o Superman!

— Será que ele também tem visão de raio X?

— Deve ser por isso que ele precisa comer tanto.

Labareda escondeu a cabeça num travesseiro.

— Mesmo que eu tenha a força de um elefante, se Lady Seduza está mesmo atrás de vocês, eu vou dar no pé! Passar sebo nas canelas! Não posso ficar sob o mesmo teto que aquela insana!

— Você conheceu ela pessoalmente? — perguntou Matias.

— Sim, sim! Ela mesma acionava os botões de eletrochoque, quando estava entediada.

— Credo! — espantou-se Sandino.

— Agora conta o que você sabe, Labareda — pediu Matias.

O coelho se enfiou embaixo do lençol.

— Não conto. Não quero me envolver com Lady Seduza.

— Conta ou a gente não te dá mais comida — disse Sandino.

O coelho pigarreou.

— Depois que o presidente da empresa foi congelado e colocado numa câmara criogênica, ela assumiu. É uma mulher desalmada. Está pesquisando um produto capaz de rejuvenescer. Estão usando mais cobaias do que nunca! Uma verdadeira matança, um morticínio, o caos. Essa mulher é uma psicopata.

— Isso a gente já sabe.

— Ela não conhece limites. Lady Seduza é o Mal, crianças.

— Então você vai ajudar a acabar com ela?

— Nada feito. Eu já disse que não volto àquele palco de horrores. Quantas vezes preciso repetir? Quero ficar bem longe daquela mulher! De preferência em outro continente! Em outro planeta!

— Coelho medroso — disse Sandino.

— O medo é amigo da evolução. Sem o medo, o mundo ainda estaria nas trevas.

Sandino balançou a cabeça.

— Ih, começou.

Matias lhe deu mais um pedaço de pão.

— Só depende de você parar com a matança, Labareda — disse Matias. — Deter essa mulher de vez.

O coelho colocou o pão de lado. Tinha perdido a fome.

* * *

Seduza fazia ginástica para os glúteos. Com a palma das mãos apoiada no tablado, ela flexionava as pernas para trás e para a frente.

— Um, dois, um, dois — dizia o *personal trainer*.

Ao mesmo tempo, o professor alongava a panturrilha dela, pisando na dobra do seu joelho e puxando o tornozelo para cima.

O resultado era que seu rosto ficava espremido no chão. O preenchimento do lábio superior ia parar na pálpebra inferior. A cada movimento o implante de colágeno rolava feito uma bolinha de mercúrio; só voltava ao lugar quando ela se aprumava.

— Um, dois, um, dois!

— Ai, que vida — disse Seduza. — E eu ainda tenho depilação hoje. No buço, o lugar que mais dói. Ai, como eu sofro.

Tadeusz entrou trazendo Maria.

— Senhora.

Seduza enxugou o rosto.

— Fala, remelenta.

— Bom dia — disse Maria.

— O que você quer?

— Ir ao cabeleireiro.

Seduza ficou surpresa. Desde que o pai morrera, Maria tinha deixado de se arrumar. Será que estava criando juízo de novo?

— Que novidade é essa agora?

Maria sorriu.

— Preciso me cuidar. Não quero ficar velha e horrenda naquele quarto infecto.

— Continua a mesma pedantezinha. Aquele quarto "infecto", como você diz, é maior do que a casa em que eu nasci.

— Desculpe.

Seduza bebeu um gole de sua bebida energética.

— Desculpe? Você me pediu desculpas?

— Pedi.

Seduza olhou para Tadeusz.

— Essa menina precisa de um médico.

— Não preciso, não. Só quero me cuidar um pouco. Cuidar da beleza. Quero ficar bonita pra embarcar para a Suíça.

Seduza a examinou da cabeça aos pés.

— Agora que eu percebi. Você passou sombra no olho. E *blush*!

— É — disse Maria. — Mas não ficou muito bom. Preciso da sua ajuda.

— Minha ajuda.

Seduza estava boquiaberta. Num gesto rápido, segurou a orelha da menina e torceu.

— Ai!

Seduza torceu mais ainda.

— Pensa que eu sou boba, é? Você está é querendo dar no pé! Eu sou viva, menina! Não sou nenhuma tonta! Você vai é para o seu quarto!

A madrasta empurrou Maria com tanta força que ela perdeu o equilíbrio. Tadeusz a colocou de pé.

— Agora saia daqui!

Depois que Maria deixou a sala, Seduza examinou a unha.

— Ainda bem que não quebrou. Tadeusz?

— Sim, senhora.

— Mande tirar a cama do quarto da remelenta. A partir de hoje, ela vai dormir no chão. Pra deixar de ser besta.

22 TOCAIA

Bernal soltou o binóculo com lentes infravermelho e pescou um pedaço de frango xadrez da caixinha para viagem.

Do seu posto, seguia todos os movimentos do pai de Sandino. Alugara a casa em frente. Ficava de campana as vinte e quatro horas do dia.

Via a mãe de Sandino chegar de uma das três escolas em que dava aula.

Assistia à chegada de Sandino da escola.

Observava o pai de Sandino passando fio dental.

Aparentemente, era uma família comum.

— *Dios, estoy ficando cansado.*

Tomou um gole de guaraná morno.

A campainha tocou.

Era a mãe de Sandino. Ele tomou um susto e ficou quietinho. Quem sabe assim ela desistia e ia embora?

Ela tocou de novo.

Dim-dom.

Dim-dom.

Bernal ia ficar em silêncio para fazê-la pensar que não havia ninguém e ir embora. Então viu que ela carregava uma travessa coberta por um pano. Seu faro treinado por anos de guerra na selva reconheceu o cheiro.

"Pudín."

Abriu a porta.

— Bom dia. Somos os seus novos vizinhos. Vim me apresentar.

— ...

— O senhor gosta de doce?

— ...

— Trouxe um pudim de leite que eu mesma fiz.

O sargento agarrou a travessa.

— *Gracias.*

— Ah, o senhor não é daqui. Seja bem-vindo...

Bernal fechou a porta na cara dela.

* * *

Na hora do jantar, Sandino pegou três pãezinhos, passou manteiga.

— Sandino, não seja guloso, é feio — repreendeu a mãe.

— Deixa o menino comer — disse o pai. — Ele está em fase de crescimento.

Sandino comeu um e enfiou os outros dois no bolso da jaqueta.

— Hoje aconteceu uma coisa engraçada — disse a mãe.

— O quê? — perguntou Sandino.

— É feio falar de boca cheia, nenê.

O pai de Sandino não estava prestando atenção.

"Aquele laboratório Belta... o gato morto com aquele veneno desconhecido. As suspeitas da Dodoca. O comportamento estranho daquela gente..."

A mãe limpou o lábio com o guardanapo.

— Eu voltei pra casa mais cedo. Como não tinha fermento, resolvi fazer um pudim pro novo vizinho. Um pudim de boas-vindas.

— Sei — disse o pai do Sandino.

— Sabe que ele bateu a porta na minha cara?

— Mal-educado — disse Sandino, já pensando em furar o pneu do carro dele.

"Ninguém maltrata a minha mãe."

— Pegou o pudim e fechou a porta. Sem nem agradecer direito.

— Sobrou um pouco? — Sandino quis saber.

— Não, nenê. Depois faço um pra você.

O pai do Sandino bebeu um gole d'água e enxugou o lábio com a toalha da mesa.

"Por que tanto segredo com aquele tal de laboratório Belta?"

— Que bom exemplo para o seu filho — disse a mãe. — Sabe que eu vi a foto da sua patroa numa revista, no cabeleireiro?

— ...

— Lady Seduza Borromeo. Ela está em todas as colunas sociais.

— E nas páginas policiais também — disse o pai do Sandino. — Parece que tem alguém sabotando as empresas dela.

Sandino afundou na cadeira.

— Por isso o laboratório é patrulhado dia e noite — o pai continuou. — Tem tanto segurança que parece um quartel.

— Eu li a respeito.

— Estão pesquisando um produto novo, uma loção de rejuvenescimento.

— E isso é possível, querido?

— Hoje em dia tudo é possível, meu amor.

Sandino se intrometeu.

— Eles fazem testes com animais lá, pai?

— Não. É uma empresa-modelo. Depois do que aconteceu com aquela fábrica que explodiu, os diretores das empresas se conscientizaram. Agora eles não usam mais animais nas pesquisas.

— Eu não acredito — disse a mãe de Sandino. — Essa gente faz qualquer coisa para ganhar dinheiro.

O pai de Sandino ficou ofendido.

— Meu amor, os tempos estão muito duros. Com esse emprego, eu tenho estabilidade. Já fizemos as contas. Vamos até conseguir guardar algum dinheiro. Não posso me dar ao luxo de escolher.

— Querido, eu não estou censurando.

Sandino ficou olhando. Queria falar com o pai que sabia o motivo daquela cisma toda, mas não dava. Não podia revelar que estava envolvido naquilo até o pescoço.

Dodoca tinha feito Sandino e Matias jurarem que não iam abrir a boca.

— Desculpe, querida. É que o cientista-chefe é muito exigente. Muita pressão. Estou ficando estressado.

A mãe beijou o pai. Depois beijou Sandino.

— Me ajuda a tirar a mesa, nenê?

* * *

O sargento Bernal vigiava enquanto comia o pudim. Ao ver o pai e a mãe de Sandino se beijarem, escreveu: Escreveu no relatório.

"Veinte horas e dieciséis minutos. Los sospechosos estan besandose."

Tadeusz entrou no quarto.

— *Hombre, no te oí entrar!*

— Não me viu? Você está ficando destreinado. É a boa vida da cidade grande.

Ele pegou o binóculo.

— *A mi me parece una familia como las otras... común* — disse Bernal. — *Buena gente. Mira... olhe: la mujer hasta me trajo un regalo...* um presente.

Tadeusz olhou o pudim pela metade.

— Ela viu o seu rosto?

— *Un poquitin.*

— Imbecil!

Bernal ficou vermelho.

— *No me hables así.*

Tadeusz jogou o binóculo em cima da cama.

— Falo do jeito que eu quiser.

O sargento Bernal ficou com medo do olhar de Tadeusz. Ele, que não tinha medo de nada. Na selva, nadava peladão no meio dos jacarés e tomava banho de cuia em igarapé de piranha.

Mas o olhar de Tadeusz sempre gelava seus ossos.

Tadeusz repetiu:

— Imbecil.

Bernal baixou os olhos. Não teve coragem de falar mais nada.

Tadeusz foi saindo.

— Não deixe que ninguém mais o veja. Não vá colocar tudo a perder.

Tadeusz fechou a porta. Bernal ficou sozinho.

Comeu o resto do pudim.

Quando Tadeusz chegou à rua, ficou furioso: os quatro pneus do carro estavam furados.

23 COBAIAS HUMANAS

Seduza estava mais e mais impaciente.

Tinha tomado três calmantes, depois mais dois, e tinha ido ver como andavam as pesquisas.

O cientista-chefe já havia sido informado de sua visita. Um enorme tanque, do tamanho de uma piscina, fora enchido às pressas com a nova fórmula. Inacabada, mas ninguém precisava saber, ó pá!

As comportas foram muito bem fechadas para evitar vazamento. Aquilo era muito valioso para ir parar no esgoto.

Seria feito um experimento.

O cientista-chefe, que não queria levar outra bronca, estava muito ansioso. Seria o primeiro teste realizado com cobaias humanas.

O objeto de estudo era um mendigo de aproximadamente setenta anos.

O assistente havia acabado de sedar o sujeito.

— Dei três miligramas de drometo azul de potassilo. O velho vai dormir até amanhã.

— Vai dormir e acordar com cinquenta anos a menos — disse o cientista. — Mal sabe o infeliz a contribuição que está dando à ciência.

Os dois riram. O assistente era ainda pior que o chefe.

— Chegou o resultado dos exames? A saúde da cobaia precisa estar perfeita.

— Aqui está. Achei que o senhor ia querer abrir pessoalmente o envelope.

O cientista-chefe rasgou a aba com a unha do mindinho, que era mais comprida que as outras.

— Esse é o começo de uma nova era, ó pá!

Desdobrou a folha, leu e foi ficando pálido.

— O que foi, senhor cientista-chefe?

— Esse homem não é saudável! Sofre do mal de Alzheimer!

— Não pode ser — protestou o assistente, pegando o papel.

— Ele não serve! Seu burro! Parvo! Ignóbil!

— Eu não sabia...

— Guardas, prendam esse homem!

Dois guardas de segurança seguraram o assistente.

— Lady Seduza está a caminho. Eu não posso ficar sem cobaia.

* * *

Seduza chegou acompanhada por Tadeusz e Junito.

Junito estava de mau humor.

— Seduza, minha querida. Não sei por que você trouxe esse urubu de casaca.

— Cala a boca.

— Acho a presença dele aqui dispensável.

— Cala a boca, Junito. Ou eu mando usar você como cobaia.

— Não está mais aqui quem falou.

* * *

O laboratório Belta estava pronto para receber Lady Seduza.

O cientista a esperava com a nova cobaia: um jovem de óculos, preso numa camisa de força. Uma mordaça o impedia de gritar.

— Esse aí é a cobaia?

— Sim, senhora — informou o cientista-chefe.

— Hum, hum — disse o assistente do cientista-chefe, pois não era outro que estava amarrado ali.

— Um jovem saudável — explicou o cientista.

— Hum, hum! — gemeu a cobaia. — Hummmmmmmm!

O coitado estava desesperado.

— Não parece mendigo — comentou Seduza. — Até que é bonitão. E moço.

— Os mendigos desse país estão ficando cada vez mais jovens — disse o cientista.

— São uns vagabundos, ninguém quer trabalhar nessa terra — falou Junito. — Terceiro mundo.

— Não quero demora — disse Seduza.

— Não, senhora.

O cientista ordenou:

— Podem mergulhar a cobaia.

O assistente ainda tentou escapar, mas não conseguiu nem se debater. Os seguranças o empurraram para dentro do tanque.

O moço afundou. Bolhas surgiram na superfície.

Todos observavam atentamente.

Nada de o corpo emergir.

— Cadê? — perguntou Seduza.

— Acho que se afogou — disse Junito.

Tadeusz apontou para o outro extremo do tanque.

— Lá!

Alguma coisa viva nadava para a margem.

— Parece um leitão...

— Não, é... uma criança...

Os seguranças puxaram para a borda um menino de uns sete anos.

— É um garoto! — disse Seduza.

Seduza colocou os óculos para ver melhor.

— Um menino... mas parece que está ficando menor...

O menino se debateu:

— Me larga, vou contar pra minha mãe!

Foi diminuindo de tamanho.

Virou um nenê.

— BUUÁÁÁÁ!

Continuou diminuindo, diminuindo, até que... desapareceu!

— Eu não entendo — disse o cientista.

— Ele sumiu!

No lugar em que estava a criança restava apenas uma mancha de água.

— Parece-me que ele regrediu até virar uma criança, um feto, depois um embrião, até o tamanho de um zigoto, e desapareceu! — concluiu o cientista-chefe.

— Evaporou! — disse Junito. Virou-se para Seduza. — Acho que ninguém vai querer comprar isso, querida.

Seduza agarrou o cientista-chefe pelo pescoço.

— O que foi que você fez com o meu dinheiro, seu gringo safado?

O cientista tentou falar, mas estava engasgado.

Ela o soltou. O cientista-chefe caiu no chão.

— Você está brincando comigo, seu velho lambão!

— Não estou! Não entendo, algo deu errado, ó pá!

— Pois conserte.

Ela saiu; Tadeusz e Junito a seguiram.

Um dos seguranças ajudou o cientista a se levantar.

24 O SEGREDO DE MATIAS E SANDINO

Bernal seguia os movimentos dos meninos com seu binóculo de lente infravermelho.

— ... falando com um coelho (Bernal treinava seu português) *El niño pequeño se fue a visitar al niño grande. Ahora parece que los dos están hablando a un conejo. ¡Pero es que conejo no habla!* Coelho não fala!

Ele se concentrou.

— *Miren hacia acá, niños!* Olhem para cá.

O sargento precisava estudar o movimento da boca dos meninos. Bernal era especialista em leitura labial. Tinha aprendido num campo de treinamento em Cali.

* * *

— Cada um por si — disse Matias. — Se pegarem a gente, bico calado.

— Mas por quê?

— Porque é assim, Sandino. Se um entrega o outro, a nossa organização se desmantela.

— Bela organização — disse Labareda. — Dois pirralhos.

— Cala a boca — protestou Sandino. — Ou eu faço um casaco de pele de coelho.

— Os humanos sempre abusam da violência. Vão acabar se extinguindo. Meu único receio é que isso apenas aconteça depois de vocês terem exterminado toda a vida no planeta Terra.

— Esse coelho fala demais — disse Sandino. — Se não quer ajudar, pelo menos não atrapalha.

— Com os conhecimentos do Labareda, vai ser mais fácil detonar o laboratório novo de Lady Seduza — disse Matias.

(Sim, é isso mesmo, acredite! Matias e Sandino tinham decidido invadir o laboratório Belta e sabotar tudo lá dentro. Estavam dispostos a pegar Seduza de qualquer jeito.)

— Matias — disse Sandino. — Estou com medo pelo meu pai. Ele pode perder o emprego.

— Não precisa se preocupar, Sandino. Se tudo der errado, eu assumo a culpa. Digo que roubei o crachá do seu pai na sua casa.

— Se eles pegarem vocês, os dois não terão tempo para inventar histórias — advertiu Labareda. — Estarão mortos.

— Por isso você precisa ajudar a gente — reforçou Matias.

— Não contem comigo, já falei! — reiterou o coelho.

— Coelho medroso, não tem pena dos animais como você? — provocou Sandino.

— Não volto àquele laboratório nunca mais!

— Tudo bem, aquele lá pegou fogo mesmo.

— Para aquele ou para qualquer outro.

— Volta sim — disse Matias. — Vamos fazer grandes coisas. O NAMA vai entrar na história da ecologia mundial. E Lady Seduza vai acabar na cadeia!

— Vocês nem sequer sonham com o que eu vi lá dentro. É um lugar de horrores, um campo de morte.

O coelho desviou o rosto para esconder uma lágrima.

— Meus trinta e seis irmãozinhos foram mortos para testar um rímel para olhos sensíveis. Sacrificados em nome da futilidade. Eu disse e repito: vocês são apenas duas crianças. Quando crescerem, ficarão iguais aos adultos. — E encerrou: — O ser humano não muda.

Matias e Sandino ficaram pensando naquilo.

* * *

Bernal deixou cair o binóculo.

— *¡Madre de Dios, los dos niños son terroristas!*

* * *

O sargento Bernal tinha conseguido provas importantes! Tentava falar com Tadeusz, mas a ligação só caía na caixa postal.

— *¡Necesito hablar con Juan Tadeu!*

Ligou de novo.

— *Atiendelo ya, hombre!* Atende, homem!

Nada.

Desligou.

— *Voy a tener que cuidar de esto solo!* Sozinho...

* * *

Matias e Sandino iam para a escola.

— Depois da aula, a gente ataca.

— Tá combinado.

— Vamos usar o crachá do seu pai pra entrar no laboratório. E desmascarar aquela tal de Lady Seduza.

— Mas e se descobrem? — insistiu Sandino. — Ele pode perder o emprego!

— Já disse que eu assumo a culpa — disse Matias.

— Não sei não, Matias. É perigoso demais.

— A gente precisa deter Lady Seduza, Sandino. Vai ser um manifesto e tanto.

— Tem certeza?

— Uma ação perfeita!

— Então tá bom.

Os dois bateram as mãos.

— Você tem um passe pra me emprestar? — falou Sandino.

— Tenho.

Matias pegou a carteira. Sandino agradeceu.

— Aquele coelho tagarela esganado me deixou sem grana nenhuma.

— Fala baixo — pediu Matias. — Se alguém descobre que tem um coelho falante no meu quarto, vão querer roubar.

— Pra quê?

— Pra apresentar na televisão, ora.

Pararam na faixa de pedestres. Um carro furou o sinal vermelho, e eles tiveram de correr. Matias deixou cair a carteira.

Sandino pegou a carteira aberta do chão.

— Ah-rá!

Era uma foto de Maria que Matias recortara do jornal.

— É a Maria! De novo!

— Me dá essa foto aqui!

Sandino ergueu a foto. Matias tentou pegar, mas era muito baixinho.

— Devolve!

— Eu sabia! O Matiasinho tá apaixonado.

Matias deu uma rasteira nele. Os dois rolaram no chão.

— Ai, ai! Tá machucando!

— Me dá essa foto!

Na briga, o zíper da mochila de Sandino arrebentou.

Os cadernos se espalharam pelo chão.

No meio da bagunça, várias fotografias de Maria, tiradas de jornais e copiadas da internet.

— Você também! — disse Matias. — Não para de pensar nela!

— Me dá aqui!

Sandino pegou a mochila e começou a recolher as coisas.

Um furgão preto parou ao lado deles.

O motorista, um sujeito com sotaque espanhol, perguntou onde era a rua Horizonte.

— Horizonte? — estranhou Matias. — Não tem nenhuma rua Horizonte por aqui.

Dois homens saíram do furgão e jogaram os dois lá dentro.

25 LADY SEDUZA DE CORAÇÃO PARTIDO

Em casa, Seduza tinha tomado uma caixa de calmantes preparados por Tadeusz.

— Agora estou mais calma. Mas que besta aquele cientista! O preparado dele faz as pessoas desaparecerem! Que asno! Nunca vi!

— É um trapalhão — acrescentou Junito.

— Você cale a boca e vá me preparar um martíni.

Junito obedeceu.

— Dão esse tal de prêmio Nobel pra qualquer um — disse Seduza. — Daqui a pouco até o Junito ganha também!

Tadeusz pigarreou. Seduza olhou para ele.

— O que foi?

— Se me permite, senhora, eu tenho uma sugestão.

— Fale.

— Talvez a fórmula do cientista-chefe esteja incompleta.

— Você acha que sabe mais do que um prêmio Nobel, é?

— Não, senhora. É que eu tomei a liberdade de fazer algumas pesquisas. Por minha conta.

— Ah, é? Então desembucha!

— Existe um tipo de veneno que, associado à fórmula do La Vie, pode dar bons resultados no processo de retardo do envelhecimento.

— Como é que é isso?

— Uma toxina que é capaz de espaçar os batimentos cardíacos, fazendo que o coração bata mais lentamente. Assim, o coração, que nada mais é do que um músculo, tem vida mais longa. A senhora nunca ouviu dizer que devagar se vai ao longe?

— Já.

— Testei com cobaias e deu certo. Se usado na medida certa, tudo bem. Se errar a mão...

— ... babau — completou Seduza.
— Sem dúvida.
— Tadeusz, me diga uma coisa...
— Claro.
— Você sempre foi ruim assim?
— Só faço isso para lhe agradar.
Seduza sorriu.
— Estou aqui para lhe servir.
Seduza ficou vermelha. Nunca tinha reparado, mas Tadeusz era um tipão.
— Você está me passando uma cantada, Tadeusz?
— Entenda como quiser.
— Eu não gosto de homem que fica rodeando. Gosto de homem que me pega de jeito.
Tadeusz tascou um beijo em Seduza. Junito, na porta, deixou cair a taça com o martíni.
Seduza ajeitou o cabelo.
— Junito.
Tadeusz limpou o batom da boca. Junito saiu.

* * *

Seduza entrou no quarto. O noivo estava fazendo as malas.
— Aonde você vai, Junito?
— Vou embora.
— Deixa de ser besta.
— Nunca fui tão insultado!
Entrou no *closet.*
— Onde aquela arrumadeira imprestável colocou as minhas cuecas de seda?
— Junito, controle-se. Nós estamos noivos.
— Acabou.
— A sociedade está esperando o nosso casamento.
— Que se danem!
Junito pegava os sapatos, deixou cair tudo.

— Nós temos muitos negócios, Junito. Você vai pôr tudo a perder.

— Eu vou botar a boca no mundo! Vou convocar a imprensa e contar quem você é realmente! Vou contar o que você fez para o meu avô, coitado! E como o seu marido morreu! Assassina!

Seduza suspirou e pegou uma pistola pequenininha numa gaveta. Apontou para a testa do noivo.

Junito se encostou na parede.

— Seduza...

Ela engatilhou. Ele fechou os olhos.

* * *

Maria ouviu a gritaria.

"Xi, a Sebosa está brigando com o Faniquito."

Forçou a porta e... que surpresa: aberta!

Saiu do quarto pé ante pé.

* * *

Junito tinha fechado os olhos.

— Seduza, não me mate!

— Mato.

Apertou o gatilho, mas a pistola estava travada.

— Droga.

Junito abriu um olho.

— Não pense que vai escapar — rosnou Seduza.

Destravou.

— Agora vai.

Junito fechou os olhos de novo.

— Não vá sujar as mãos, senhora.

Era Tadeusz, que trazia uma seringa cheia de um líquido amarelado.

— Eu tenho um remedinho pronto.

Junito tentou se trancar no banheiro, mas Tadeusz foi mais rápido. Agarrou-o pelo pescoço e deu-lhe uma gravata. Com a outra mão, injetou a dose na garganta do coitado.

Junito caiu.

Estrebuchou e morreu, botando sangue pelos olhos e pelo nariz.

Seduza fez cara de nojo.

— Vai sujar todo o tapete.

* * *

Maria não podia acreditar.

O namorado da madrasta estava morto!

E ela havia testemunhado o crime!

O seu segundo cadáver em menos de um mês.

Virou-se para sair dali sem fazer barulho, mas o assoalho rangeu.

Seduza ergueu a pistola.

— O que foi isso?

Tadeusz abriu a porta.

Maria saiu correndo como se tivesse asas nos pés.

— A remelenta! Ela viu tudo!

* * *

Era a entrada privativa do laboratório Belta.

O furgão estacionou numa vaga reservada.

Bernal abriu a porta.

— *Abajo*. Desçam.

Matias e Sandino obedeceram.

Sandino avaliou a chance de correr. O amigo percebeu a intenção dele e fez que não. Aquela gente era perigosa, os homens estavam armados.

— Andem, vamos, *muchachos*!

Bernal empurrou os dois.

— Pra onde é que você trouxe a gente?

— *Para el laboratório Belta.*

Os meninos olharam em volta.

— *¿No* era pra cá que *vosotros* queriam vir?

Bernal deu uma gargalhada.

* * *

Maria se trancou no quarto.

— Maria, abra a porta!

Era a voz da madrasta. Maria ficou desesperada.

Começou a chorar.

— Arromba, Tadeusz! — gritou Seduza.

Maria gelou. Nos filmes, os caras arrebentavam portas a ombradas.

Ela ouviu os passos de Tadeusz se afastando. Em seguida, a pancada.

Nada.

A porta nem se mexeu. As portas da vida real eram bem diferentes.

De novo, e de novo. Agora Tadeusz dava chutes.

Seduza se descabelava:

— Como a pirralha conseguiu a chave do quarto?!

Maria correu para a janela. Era alta demais, mas sua única chance.

Foi então que viu a bolinha de pelo tremendo embaixo de uma cadeira.

— Chanel!

* * *

A sala de testes estava fria como uma geladeira.

Matias foi colocado numa gaiola; Sandino, em outra.

Bernal riu.

Pegou a faca.

— *Lady Seduza va a decidir* o que fazer com *vosotros. Si os quiere vivos ou muertos.*

* * *

Tadeusz se afastou para mais uma investida.

— Vê se agora você consegue! — disse Seduza. — Uma portinha de nada.

Maria abriu a porta. Tinha Chanel no colo.

— Chanel! — exclamou Seduza.

Maria deu um passo para trás.

— Não chega perto, Sebosa! Eu torço o pescoço dele!

Seduza ficou horrorizada.

— Fazer isso com um cachorrinho inocente!

Maria avançou hesitando. Apontou para Tadeusz.

— Manda o Tadeusz sair!

Tadeusz olhou para Seduza.

— Vai, senão ela mata o Chanel!

— Mato mesmo!

Maria começou a se afastar, encostada na parede.

— Eu vou sair. Se você fizer qualquer coisa, eu estrangulo esse cachorro!

Seduza começou a chorar.

— Menina ruim!

— Eu esgano o bicho!

Maria tinha chegado ao *hall* de entrada.

Seduza a seguia de perto.

— Calma, Chanelzinho da mamãe... Essa menina ruim não vai te machucar.

Maria forçou o trinco.

— Onde está a chave?

Seduza mostrou o chaveiro.

— Aqui.

— Abre.

Seduza enfiou a chave na fechadura.

— Abre logo!

— Calma!

Seduza tentava ganhar tempo.

— Não está abrindo. Eu bem que mandei passar grafite nessas fechaduras, mas essa criadagem é muito asnática. Todas as portas estão assim. Pra abrir é um sufoco.

Maria pegou a chave da mão da madrasta.

— Me dá isso aqui!

Seduza olhou por cima do ombro dela.

Maria viu a sombra atrás de si. Era tarde.

CHANEL!

Tadeusz a agarrou pelo pescoço e pegou Chanel.
— Pronto, senhora.
Seduza abraçou o cachorro.
— Chanelzinho.
Beijou o focinho. O *poodle* esperneou.
— Me larga, traidor! — disse Maria.
Tadeusz a soltou. Maria não oferecia mais perigo.
— Quer que eu mate a menina?
Maria começou a chorar.
Seduza deu-lhe um beliscão.
— Não, tenho planos para ela.
Pegou a bolsa e colocou Chanel dentro.
— Vamos para o laboratório.

26 ***VENENO!***

Lobão entrou no necrotério.

Havia sido chamado às pressas por Dodoca, mas só pudera chegar naquele momento.

— Ainda bem que você chegou, Lobão!

— A delegacia estava uma loucura!

Um cadáver com uma etiqueta pendurada no dedão estava esticado numa mesa de aço.

Lobão vomitou.

* * *

Dodoca abriu a garrafa térmica.

— Toma esse café, vai te fazer bem.

Lobão pegou o copinho de plástico e bebeu. Fez uma careta.

— Credo. É pior que o da delegacia!

— O pai do Sandino ligou.

— E então?

— Eles estão na maior aflição. O menino sumiu. Eles ligaram para a casa do Matias, que sumiu também. Foram pra escola e não voltaram.

O delegado bebeu o resto do café.

— Lobão, tenho medo que possa ter acontecido alguma coisa com o meu primo. E isso não é tudo.

Ela mostrou um envelope.

— O que é isso?

— O laudo definitivo do pai do Sandino.

— Sobre o veneno? Fala logo!

— A substância foi desenvolvida nos laboratórios Borromeo.

— Como é que o pai de Sandino sabe disso?

— Ele trabalha lá, lembra?

Lobão agarrou o envelope.

— Eu vou pra lá agora!

— Aonde, Lobão?

— Vou pegar aquela mulher, Dodoca. Ela matou duas pessoas e tentou me matar!

— Você não tem como provar.

— Esse laudo!

— Não é oficial. Pra todos os efeitos, é só uma suspeita.

— Não interessa. Alguém tem de parar essa mulher!

— Mas você não tem mandado pra entrar na casa!

— Eu não preciso.

Lobão saiu correndo.

Dodoca foi atrás.

* * *

Seduza abriu a porta do laboratório com o cartão magnético.

— Você primeiro, remelenta.

Tadeusz empurrou Maria para dentro.

— Ai!

Seduza entrou e fechou a porta. Bernal foi ao encontro deles.

— *¡Lady Seduza! Encontré los terroristas!*

— E onde eles estão?

— *Acá. Agarré a los dos.*

Seduza sorriu.

— Agora a festa ficou completa.

* * *

Matias e Sandino foram levados ao encontro de Seduza.

— Então são esses os terroristas que andaram sabotando as minhas empresas? Dois moleques fedendo a leite?

— *Sí.*

— Mentira — disse Matias. — Eu não sou terrorista!

— Cala a boca, moleque. Eu sei muito bem que foram vocês. Tenho provas.

— Que provas?

— Sargento Bernal?

Bernal abriu a jaqueta e tirou um relatório do tamanho de um caderno de dez matérias.

— *Dia 25, siete e diez de la mañana. El sospechoso...* o suspeito ... *se va al baño ...* banheiro. *Lleva una cómic. ...* um gibi. *Después se limpia con papel higiénico. Blanco, suave, doble hoja* ... folha dupla, *de marca Pepita...*

— Chega — disse Seduza. — Já deu para o moleque entender. Não é, remelento nº 2?

Matias viu que era inútil insistir.

— Há quanto tempo esse cara está seguindo a gente?

— Eu nem percebi! — disse Sandino.

— O sargento Bernal segue qualquer um sem despertar suspeitas. Ele é um ex-militante das FARC.

Sandino não entendeu nada.

— O que quer dizer isso?

— Forças Armadas Revolucionárias da Colômbia — explicou Matias.

Bernal bateu continência.

— *Mi patria amada.*

— São guerrilheiros que lutam contra o governo — acrescentou Matias.

— O baixinho aí sabe das coisas — disse Seduza. — Aposto que é o chefe.

— O NAMA não tem chefes — esclareceu Matias. — Somos uma organização sem líderes. Cada um pensa por si.

— Pois aqui mando eu — disse Seduza. — E vou dar um jeito em vocês.

— A senhora vai nos entregar para a polícia?

Seduza soltou uma gargalhada.

— Polícia. Polícia. Que polícia o quê! Tenho planos melhores! Vai ser muito divertido! E eu bem que mereço. Minha pele está até perdendo o viço, de tanta preocupação e estresse, do trabalho que vocês me deram. Fora os prejuízos. Tadeusz!

Matias tentou cochichar algo para Sandino.

Bernal deu um tapa na cabeça dele.

— Ai!

— *Cállate!* Calado!

Maria foi empurrada para dentro da sala.

— Maria! — exclamaram Matias e Sandino ao mesmo tempo.

Maria ficou surpresa.

— Vocês?!

O que aqueles dois estavam fazendo ali?

— Quer dizer então que vocês se conhecem? — perguntou Seduza. — Mas de onde?

— De um desfile de moda — disse Maria.

— Um desfile de moda? Esses dois não têm cara de quem frequenta desfile de moda.

— A gente sabotou o desfile! — bravateou Sandino.

— Sabotou?

Tadeusz pediu licença.

— Lady Seduza, é como eles disseram. E o sargento Bernal confirmou: esses dois são ligados a um grupo ecológico, são militantes da causa animal.

Sandino se soltou da mão do guerrilheiro.

— Larga!

Bernal o agarrou pelo cangote.

— Ai!

Tentou chutar a canela do sargento, que puxou seu cabelo com tanta força que saiu até lágrima.

— Não faz isso com ele! — gritou Maria.

Sandino sacudiu a cabeça, não queria que Maria pensasse que ele estava chorando.

— Deixa o garoto, quero saber mais sobre essa história — disse Seduza. — Por que vocês estão metendo o bedelho nos meus negócios?

— Somos do NAMA — explicou Matias, estufando o peito.

— Isso você já falou, pirralho. Não sou surda. Mas o que é NAMA, afinal?

— Núcleo de Amigos dos Animais.

— Amigos dos animais — repetiu Seduza. — E pra que bicho precisa de amigo? Falta do que fazer...

— Eles precisam de proteção contra gente como você.

— Como eu? Eu adoro cachorro. Sou amiga dos bichos. Chanel é mais importante pra mim do que qualquer pessoa!

Abriu a bolsa. Chanel mostrou a cabecinha e ganiu.

Seduza fechou o zíper.

— O que vamos fazer com eles, senhora? — perguntou Tadeusz.

— Matar — disse Bernal, como quem diz "vamos levar os três para assistir ao jogo do Corinthians".

— Não — cortou Seduza. — Matar é pouco.

Bernal não podia se conter.

— *Enterrarlos vivos?*

— Também não.

— O que então? — Tadeusz quis saber.

— Mande chamar aqui a besta daquele cientista-chefe. E tranquem esses remelentos em algum lugar!

27 MAIS UM CADÁVER

Tadeusz acendeu a cigarrilha de Seduza. Ela tragou tão fundo que a brasa quase virou um fogaréu.

— Obrigado, Tadeusz.

O cientista-chefe examinava as anotações de Tadeusz.

— É muito arriscado, ó pá.

— Arriscado? — disse Seduza. — Arriscado foi o que o senhor fez com o seu assistente. O coitado virou um perdigoto!

— Zigoto. O estágio anterior do embrião — esclareceu o cientista.

— Ora, cale a boca. Não me venha dar aulas. Eu não pago você pra isso. Sabichão!

O cientista se protegeu atrás da cadeira. Mas continuou, mesmo morrendo de medo:

— Peçonha, saliva de aranha, gérmen de trigo... que sandice, ó raios! Os componentes dessa fórmula são desconhecidos para mim. É impossível prever os resultados, ó pá.

Seduza fechou os olhos.

— Ai, que dor de cabeça.

— A senhora precisa entender a minha posição, *milady*. Todas as nossas pesquisas podem ir por água abaixo!

— Se alguma coisa aqui for por água abaixo, eu faço o senhor descer pelo ralo. Já gastei muito dinheiro!

Seduza apagou a cigarrilha no cinzeiro.

— O senhor está me tirando do sério.

O cientista-chefe engoliu em seco.

— O senhor me irrita.

Seduza ficou diante dele.

O cientista-chefe fechou os olhos.

— O SENHOR ME DEIXA FORA DE *SI*!

O cientista-chefe tropeçou e caiu sentado.

— Senhora — disse Tadeusz —, podemos dar andamento ao plano?

— Podemos.

— De jeito nenhum, ó pá! Eu dei mais de dois anos da minha vida por esse projeto! — insistiu o cientista-chefe. — Coloquei à sua disposição todos os meus conhecimentos. Fiz coisas do arco-da-velha!

— E daí? — disse Seduza.

— Eu não permito.

Ela respirou fundo.

— Não permite? — Seduza voou no pescoço dele. — Agora eu mato esse velho gagá duma vez!

Tadeusz segurou Seduza.

— Calma, senhora.

— Me largue, eu mato!

Foi a hora em que entrou na sala o sargento Bernal de pistola em punho.

Nem conversou.

BUM.

Um tiro entre os olhos.

O cientista-chefe caiu morto, os óculos estilhaçados.

— O que foi que você fez, seu asno? — disse Seduza.

Bernal tirou o dedo do gatilho.

— Matei, *señora*.

— Isso eu estou vendo. Mas quem mandou matar?

— A *señora* disse que matava, quis poupar o *trabajo*.

Tadeusz checou a pulsação do cientista-chefe.

— Nada a fazer.

Seduza jogou o cinzeiro em Bernal, bem na testa.

— Você matou o cientista que estava desenvolvendo o meu projeto! Um projeto que custou os olhos da cara! Eu podia comprar o seu país inteiro com a dinheirama que gastei!

Bernal baixou os olhos.

— Senhora, se me permite — disse Tadeusz —, os estudos do cientista-chefe tinham chegado a um impasse. A fórmula simplesmente não funcionava, como a senhora mesma testemunhou.

O sargento Bernal massageava o galo na testa. "*¡Dios! Que puntería tiene esta mujer!*"

— A fórmula que eu tomei a liberdade de pesquisar utilizando os recursos do seu laboratório pode ser mais eficaz.

— É?

— Acredito que sim.

Seduza pegou um vidrinho de comprimidos e virou como quem bebe água.

— Esse idiota aí só pensa em matar. Nunca fez outra coisa na vida?

O sargento Bernal revirava os bolsos do cientista-chefe.

— *No*.

— Mande desovar o presunto, Tadeusz — ordenou Seduza. — Bem longe daqui.

O mordomo indicou o cientista morto.

— Bernal.

Sargento Bernal saiu puxando o cadáver pelos pés.

* * *

Estavam numa sala trancada a chave, sem janelas.

Matias examinou o cabelo de Sandino.

— Arrancou um chumaço.

— Vou me vingar daquele gringo.

— Como é que vocês dois vieram parar aqui? — perguntou Maria.

— A sua mãe descobriu que a gente fez um manifesto no laboratório dela — disse Sandino.

— Ela não é minha mãe.

— É madrasta — corrigiu Matias.

— Minha mãe morreu quando eu era bem pequenininha.

Sandino tateava as paredes.

— Será que a gente consegue fugir daqui?

— Acho que não. Tem guardas armados lá fora. Essa mulher não brinca em serviço — concluiu Matias.

Sandino olhou para Maria.

— Que esposa que o seu pai foi arrumar, hein?

— Ela enganou o meu pai. Engana todo mundo.

Sandino coçou a cabeça. Ainda estava ardendo.

Maria sentou no chão.

— E vai matar a gente.

— Duvido — disse Sandino. — Não mata nada.

— Mata sim — garantiu Maria. — Eu vi. Ela matou o noivo na minha frente.

— Nossa!

— Caramba!

— Não foi bem ela que matou, mas é como se fosse. O Tadeusz deu uma injeção nele, bem na garganta. Tinha veneno.

— Caramba! — horrorizou-se Sandino. Até ele estava começando a ficar com medo.

— E ela disse que ia fazer coisa pior com a gente.

— Alguém precisa desmascarar essa mulher — disse Matias.

— Ela não deixa provas — contou Maria. — Eu acho que ela matou o meu pai também. Tenho certeza!

Maria começou a chorar.

— E agora ele está lá, dentro de uma cápsula, congelado. Ela não me deixou nem me despedir dele!

Sandino, que não podia ver ninguém chorar, olhou para o bico do tênis.

Matias colocou a mão no ombro de Maria, que o evitou.

— Ela vai matar nós três!

— O Lobão vai tirar a gente daqui, Maria.

Sandino se intrometeu.

— O Lobão nem sabe que a gente está aqui, Matias.

— Cala a boca, Sandino! Ele vai desconfiar do nosso sumiço e concluir que foi a Seduza! Aí vem salvar todo mundo!

Maria não conseguia parar de soluçar.

— Não chore, menina.

Matias e Sandino se entreolharam. Não tinham falado nada!

Um vulto tinha se erguido no escuro.

— Tem alguém aqui — disse Matias.

Sandino reconheceu o amigo.

— Totonho!

Totonho sorriu.

Sandino percebeu que ele tinha perdido os dentes da frente, os únicos que sobravam.

28 *A TODA VELOCIDADE*

Lobão pisou fundo. O carro derrapou.

Dodoca se agarrou ao banco.

— Cuidado, Lobão!

Concentrado no volante, o delegado nem respondeu.

— Essa mulher precisa ser detida!

— Lobão, você é formal até na hora da raiva.

— Ela já matou duas pessoas! Que nós sabemos!

Lobão freou de repente.

Dodoca foi lançada para a frente. Ainda bem que estava usando o cinto de segurança.

— Vou botar pra fora aquele x-salada que almocei...

Lobão já tinha saltado.

A mansão estava iluminada. Na guarita ao lado do portão, um vigia dormia pesado.

— Polícia! Abram a porta!

O vigia deu um salto.

— Polícia?

Lobão mostrou a carteira funcional.

— Polícia! Abra o portão senão eu atiro!

Dodoca lembrou:

— Lobão, você não tem mandado.

— E você nem devia estar aqui! É médica, não é policial!

O vigia, tentando espantar o sono, atrapalhou-se com a fechadura.

— Onde está a senhora Seduza Borromeo?

O vigia abriu os braços.

— E eu sei da vida dos patrões?

Em dois tempos, Lobão estava na sala.

— Ela deve estar lá em cima!

Dodoca olhou em volta.

— Que casarão!

Lobão, já dentro do quarto, ficou nervoso.

— Não está aqui! Droga!

Dodoca parou ao lado da cama de dossel.

— Esse quarto é cinco vezes maior que o meu apartamento.

— Dodoca!

Lobão tinha entrado no *closet.*

— Um cadáver!

Ela correu.

Viu o corpo de Junito, ao lado de várias gravatas, cuecas de seda e de uma mala aberta.

— Coitado — disse Dodoca. — Não vai mais a lugar nenhum.

— Sangrou pelo nariz.

— Os mesmos sintomas dos outros dois caras que morreram.

Dodoca ajoelhou-se ao lado do cadáver.

— Olha só. Suou sangue. A roupa está empapada.

Lobão ficou gelado. Lady Seduza era capaz de tudo.

Dodoca encontrou a seringa.

— Aposto que também é a mesma substância presente nos bombons.

* * *

Na ampla sala do cientista-chefe, repleta de diplomas, Seduza ouvia a explicação de Tadeusz.

— Veneno. Peçonha, Lady Seduza.

— Pior ainda. Peçonha é veneno de pobre.

— A peçonha tem uma toxina que paralisa a vítima. É como eu disse: se for usada na dosagem certa, pode brecar a ação do tempo.

— Como a toxina botulínica?

Seduza adorava essa palavra, que demorara seis meses para decorar.

— Não, senhora. É diferente. A ação da droga é lenta. Penetra mais devagar na corrente sanguínea. O coração tem tempo de assimilar a droga. E se fortalece. Há uma explosão de hormônios e serotonina. O corpo fica mais ágil; o cérebro, mais veloz.

Seduza estava curiosa.

— E a pele?

— Viçosa como a de uma adolescente.

— Sem espinha?

— Sem nenhum tipo de enfermidade.

— Já gostei.

— Fiz pesquisas exaustivas. Uma mosca chegou a viver trinta dias.

— Só?

— A vida de uma mosca daquela espécie é de 24 horas, senhora.

Seduza soltou um assobio.

— Usei uma dose ínfima. Microscópica. O efeito é certo, não há possibilidade de erro.

— Pode ser, mas ninguém vai comprar isso. Todo mundo morre de medo de injeção. Eu, pelo menos, não suporto.

— Se a droga for injetada na circulação sanguínea, há risco de vida. A aplicação será por via cutânea, como uma loção.

O rosto de Seduza se iluminou.

— La Vie — disse, sonhadora.

Tadeusz completou:

— A loção da eterna beleza.

— Então vamos adiante.

Seduza retocou o batom.

— Já temos até as cobaias.

* * *

Totonho tirava meleca do nariz.

Maria fez cara de nojo.

— Eca.

— Como foi que você veio parar aqui, Totonho? — perguntou Matias.

— No dragão de São Jorge.

Maria enxugou as lágrimas.

— Ele não fala coisa com coisa, coitado.

— Meu pai me disse que ele sofre do mal de Alzheimer — disse Sandino.

— Meio maluquinho — acrescentou Matias. — Mas é boa gente.

Maria fungou.

Totonho, muito educado, estendeu a ela um lenço encardido que tinha amarrado no pescoço.

— Não, obrigado.

Matias soltou um grito.

— Olha!

Sandino abaixou a gola da camisa de Totonho.

Uma ferida.

— O que fizeram com você?

Totonho coçou a pele raspada.

Maria segurou a mão dele.

— Não coça que pode infeccionar.

— Será que bateram nele? — perguntou Sandino.

A menina estava horrorizada.

Uma voz estridente veio de cima.

— Usaram o infeliz como cobaia.

— Quem está aí? — disse Sandino, num susto.

— Eu conheço essa voz! — foi a vez de Matias.

O som vinha do teto.

— Retiraram uma amostra de tecido do pescoço. O procedimento habitual.

O duto de ventilação estalou.

— É o coelho maluco! — disse Sandino. — Ele está dentro do cano!

— Labareda! — exclamou Matias. — É você?

— Certamente. Mas falem baixo, meninos! — pediu o coelho. — Eles podem escutar!

— Como foi que você veio pra cá?

— De ônibus.

Maria estava ficando cada vez mais confusa.

— Com quem é que vocês estão falando?

— Com o coelho — disse Sandino.

— Um coelho que fala?...

— Além de falante, ele é superforte! Vai ajudar a gente a fugir daqui!

— Superforte? — repetiu Maria. Não estava entendendo nada!

— Ele venceu o medo que tem da Seduza e veio atrás de nós! — explicou Matias.

A voz estridente recomeçou a falar.

— Quando os dois desapareceram, imaginei logo que tinham sido capturados por Lady Seduza.

— Você sabe como andar por esse encanamento? Vai se perder! — avisou Matias.

— O sistema de ventilação e canalização deste laboratório e o do laboratório onde nasci seguem um padrão de engenharia e projeto. A mesma conformação labiríntica. O meu senso de orientação também foi modificado, de modo que...

— Fica quieto, coelho tagarela!

Sandino correu para a porta.

— Vem vindo alguém!

O duto de ventilação estalou mais uma vez. O coelho tinha fugido.

Seduza entrou. Bernal acendeu a luz.

— Seus desgraçados! — disse Sandino. — Vocês usaram o Totonho como cobaia!

Seduza gargalhou tão alto que suas joias tilintaram.

— E vocês serão os próximos.

Tadeusz colocou a cara na porta e avisou:

— Tudo pronto, senhora.

Totonho soltou um grito:

— João Tadeu!

Tadeusz olhou para o velho.

— Você conhece o mendigo? — perguntou Seduza.

Totonho ia falar de novo, mas Tadeusz fez um sinal a Bernal.

— Faça o velho calar a boca.

Bernal tirou um lenço do bolso e amordaçou Totonho.

— Não faz isso! — disse Sandino.

O guerrilheiro deu um tapa nele.

— Senhora, não temos tempo a perder — disse Tadeusz.

Seduza saiu na frente.

Bernal empurrou as crianças.

— Vamos, *muchachos!*

* * *

Matias e Sandino estavam só de cuecas na beira do enorme tanque.

— O Totonho chamou o mordomo de João Tadeu — cochichou Sandino.

— E daí?

— João Tadeu é o nome do filho dele!

Seduza estava impaciente.
— Tadeusz!
Sandino ficou alvoroçado.
— Olha lá, o nome do cara de galinha de macumba é Tadeusz!
— Será que é a mesma pessoa?
— Claro que é!
— Você sabe que o Totonho é doente — lembrou Matias. — Deve ter se confundido.
— Não! Um pai nunca esquece o filho! Aquele cara de frango depenado só pode ser o filho sumido dele. Filho desnaturado.
— Será que o Totonho é mesmo o pai do mordomo?
Bernal deu um tapa na cabeça de Matias.
— *Cierren la boca*. Fechem o bico!
A surpresa era tanta que os dois até esqueceram de que estavam só de cuecas.
Sandino estava furioso. Jogar dentro do tanque, tudo bem! Mas ficar de cueca na frente da Maria era demais!
— Seus degenerados!
Seduza torceu a orelha dele.
— Ai!
— Fica quieto, moleque. Cobaia não fala.
Tadeusz terminou de fechar as comportas do grande tanque. Tinha deixado escoar um pouco da água.
— Pronto.
Bernal ficou decepcionado.
— *Solo eso?*
— Esse tanque tem dois metros de profundidade. O nível da água estava muito alto. Agora está com um metro e oitenta.
— *Pero asi no hay como* se afogar!
— Ninguém quer matar ninguém ainda, Bernal — disse Tadeusz. — É um experimento. Precisamos deles vivos.
— Não estou dizendo? Esse aí só pensa em matar, matar — esbravejou Seduza. — Parece que tem comichão!
Ela estava impaciente.

— Tadeusz, se demorar mais um pouco, eu mesma jogo esses dois aí dentro.

— Só preciso fazer a mistura, senhora.

Tirou uma garrafinha do bolso e conferiu a dosagem.

— Duzentos e cinquenta mililitros.

Despejou no tanque.

— Só isso? — desdenhou Seduza.

— O tanque tem cinco metros de comprimento por três de largura e dois de profundidade. Capacidade de vinte e sete mil litros d'água. Isso basta, Lady Seduza.

O líquido amarelado tingiu a água de um tom roxo.

— Ficou meio magenta — observou Seduza. — Não vou com a cara dessa cor.

— *Parece más color rosa, señora* — disse Bernal.

Tadeusz olhou para os meninos.

— Quem será o primeiro?

A unha comprida de Seduza apontou Maria.

— A remelenta.

A menina arregalou os olhos.

— Não!

Sandino deu um passo à frente.

— Eu vou no lugar dela!

Seduza achou engraçado.

— Olha que romântico. Aposto que o remelento está gostando da remelenta.

Sandino ficou vermelho.

— Já que ele quer ir na frente... Faça as honras, Tadeusz.

Tadeusz assentiu.

— Bernal, jogue o mais alto primeiro.

— Peraí!

Seduza se afastou.

— Não quero que essa meleca respingue no meu vestido.

Bernal esperou que a patroa se colocasse a salvo.

Seduza colocou os óculos.

— Não vou perder nem um detalhe dessa cena.

— Desgraçada! — disse Maria.

— Pode jogar — ordenou Seduza.

O guerrilheiro ergueu Sandino no alto. Quando ia arremessar, o duto de ventilação se partiu em dois bem em cima deles.

— O coelho!

Labareda pulou ao chão, se apoiou nas patas da frente e deu um coice. Bernal perdeu o equilíbrio. Ia cair dentro do tanque!

Mas Sandino segurou o sargento pela camisa.

— Cuidado!

O coelho deu outra pernada, que atingiu Tadeusz em cheio no peito. Seduza soltou um grito. Labareda empurrou Sandino.

— Fujam, meninos!

Mesmo com toda a maquiagem que usava, Seduza ficou lívida.

— O coelho falou!

Tadeusz agarrou o coelho pelas orelhas.

— Maldito!

Labareda deu uma sequência de socos no mordomo que o deixou desaprumado.

— Valeu, Labareda! — gritou Matias.

Seduza tirou sua pistolinha de dentro da bolsa.

— Quietos! Ou eu atiro!

Todos estacaram. Seduza apontou a arma para Maria.

— Eu mato você, remelenta!

Matias avançou e ficou na frente da menina, protegendo-a. Na porta, uma voz forte:

— Polícia!

Era Lobão, que trazia um guarda de segurança pelo cangote.

— Todo mundo parado!

— Lobão! — disse Matias.

Lobão deu um safanão no vigia que tinha rendido para entrar. Seduza agarrou Maria.

— Se alguém se mexer, eu mato a remelenta!

Lobão apontou a arma.

— Solta a menina.

QUEM SERÁ O PRIMEIRO?
EU NÃO!
EU VOU NO LUGAR DELA!

BAM
FUJAM, MENINOS!

— Não! Larga a arma você, delegado Pavão! — disse Seduza. — Larga, que eu não respondo por mim!

Apertou o cano da pistola contra a têmpora de Maria.

— Eu mato!

— Bota a arma no chão, Lobão! Ela vai matar a menina!

Era Dodoca, gritando da porta.

Lobão fez um gesto para Seduza.

— Tudo bem. Tenha calma.

— Eu atiro! Faço um buraco na cabeça dela!

Maria começou a chorar.

Lobão colocou o revólver no chão, bem devagarzinho.

— Bernal — ordenou Tadeusz —, pegue a arma.

Bernal não se mexeu.

— *El niño me salvó la vida.*

— Foi puro reflexo! — disse Sandino.

Bernal sacou a sua própria pistola.

— *El niño no me dejó caer en el tanque.*

Tadeusz parou.

— Bernal, me dê essa arma.

— *El niño me salvó la vida.*

Bernal apontou a arma para Tadeusz, que recuou.

Tensão.

— *En la selva aprendemos a valorar...* a valorizar *cosas así* — disse Bernal. — *Tengo una deuda...* uma dívida *con el niño.*

Um disparo.

Bernal caiu ajoelhado. Tombou de cara no chão.

Seduza segurava a pistolinha fumegante.

Labareda, de um salto, agarrou a arma de Lobão e jogou de volta para o dono, que a agarrou no ar, rodopiou e atirou em Tadeusz.

Mas errou.

Seduza atirou em Lobão.

Errou também.

(Você pensa que é fácil acertar um tiro? Só nos filmes. Na vida real, é bem diferente; por isso se diz: acertar na mosca. Imagine só, acertar em cheio um inseto voando...)

Maria empurrou a madrasta, que caiu no chão.

— Aaahhhh! Maldita remelenta!

Sandino aproveitou a deixa e deu um chute no mordomo, bem naquele lugar onde você imaginou. Onde dói muito.

Tadeusz caiu, sem conseguir falar nem sequer um "ai".

Totonho precipitou-se para o filho:

— João Tadeu, meu menino!

— Me larga, velho!

Seduza tentou correr. Foi tirando os sapatos de salto.

— Ela vai fugir! — avisou Matias.

Sandino se colocou na frente dela, que colocou o dedo na cara do menino.

— Sai da frente, moleque!

Seduza tentou driblar, mas Sandino era o melhor zagueiro da rua.

Com os sapatos na mão, Seduza se desequilibrou.

E caiu dentro do tanque. A mistura rosada começou a borbulhar e chiar.

Ouviu-se um estrondo.

Todos correram para ver. A água escoava pelas comportas arrebentadas.

Lady Seduza havia desaparecido.

29 *O MORTO-VIVO*

A mãe de Sandino colocou a água no fogo e ajeitou o coador de pano.

— Café assim fica mais gostoso.

Todos estavam exaustos.

Matias mordiscava um biscoitinho de polvilho. Sandino estava no colo do pai, e era engraçado de ver aquele compridão balançando de um lado para o outro. Totonho comia um pedaço de pão com manteiga: estava morrendo de fome. Como tinha ficado banguela de vez, chupava até o miolo se desfazer na boca.

— Que loucura — disse a mãe do Sandino. — Uma mulher que queria viver pra sempre, e um louco disposto a tudo, até a fazer o próprio pai de cobaia!

Todos olharam para Totonho, que coçava o ouvido com um garfo.

— Pai, a gente pode adotar o Totonho? — perguntou Sandino.

— Por falar nisso, o que é que vai ser feito da Maria? — quis saber a mãe do Sandino.

— Ninguém sabe ainda — explicou o pai do garoto. — Parece que ela tem uma prima distante que mora nos Estados Unidos.

— Em Nova York — emendou Matias.

Nesse momento, o telefone tocou.

O pai do Sandino atendeu.

— Lobão, que bom que você ligou! Como está a menina?

O pai do menino escutou. E foi ficando pálido, da cor de papel almaço sem pauta.

* * *

Alguém havia colocado uma manta nas costas de Maria.

Dodoca deu a ela uma caneca. A menina estava tão atordoada que nem percebeu o que era.

— Chá quente — disse Dodoca.

A médica tinha mais uma coisa para falar, mas não teve coragem.

"É melhor que ela veja pessoalmente."

Saulo Borromeo, o pai da Maria, entrou na delegacia feito um foguete.

— Maria!

Maria não podia acreditar.

— PAI!?

Os dois se abraçaram.

Dodoca se afastou.

O que houve foi o seguinte: a nossa doutora, prima de Matias, não se conformou que os dois médicos corruptos se safassem felizes da vida, curtindo a vida.

Graças a ela, o médico que realizara a "autópsia" do pai de Maria fora localizado no Caribe.

O governo brasileiro solicitou sua extradição e, para diminuir sua pena, o desonesto não hesitou em declarar que o empresário Saulo Borromeo ainda estava vivo.

Sim, vivo!

A dose de veneno manipulada por Tadeusz fora insuficiente para matar. E o empresário havia sido congelado ainda respirando. Sorte que ele escolhera ser colocado numa cápsula criogênica. Do contrário, teria sido enterrado vivo!

O mais grave que aconteceu foi ele ter pego uma gripe daquelas.

30 *O NAMA ATACA OUTRA VEZ*

Era uma noite de gala.

A alta sociedade marcava presença na casa do empresário Saulo Borromeo, para comemorar a volta do anfitrião. A imprensa também estava presente. A história do empresário brasileiro que fora descongelado corria o mundo!

Além disso, ele queria apresentar a todos os dois heróis que tinham salvado a vida da sua filha. Sim, você já deve estar imaginando quem eram esses heróis: Matias e Sandino.

Desde a virada do milênio não se via uma festa como aquela. Mulheres em elegantes casacos de pele, homens de *smoking*, fogos de artifício.

Em seu quarto, Maria estava impaciente.

— Onde aqueles dois se meteram?! São os convidados de honra!

— Os pais deles já chegaram — disse a nova governanta. — Junto com o delegado Lobão e a doutora Doroteia.

— A Dodoca. Vá recebê-los, por favor. E coloque-os na melhor mesa.

A mulher assentiu.

Antes de borrifar perfume atrás da orelha, Maria conferiu o rótulo: *cruelty free*. Isso queria dizer "sem crueldade". Um compromisso de que a empresa não explorava nem fazia experiência com bichos.

— Todo mundo já chegou. Ai deles se não aparecerem! Eu mato aqueles moleques!

Foi então que sentiu uma pontinha de suspeita. E ligou o aparelho de televisão, sintonizando o circuito interno de segurança.

* * *

Os salões e os jardins estavam repletos. Todo mundo queria ser visto. Por isso ninguém reparou em dois vultos de preto que se confundiam com a noite. Usavam capuz e um deles carregava uma mochila nas costas.

— Não empurra, Sandino!

— Olha, Matias, aquela lá! Vai ser a primeira!

Era uma mulher de casaco de mink. Fazia um calorão, mas ela aguentava firme.

— Calma, tem muita gente. Vamos esperar que ela se afaste. Viu? Saiu andando! Vamos!

* * *

Maria desceu as escadas correndo, pulando de dois em dois degraus. Os sapatos atrapalhavam; ela os descalçou.

* * *

— Agora? — disse Sandino.

— Agora! — confirmou Matias.

Sandino passou a mochila para o amigo, que a abriu.

— O que é isso?!

Os dois ficaram paralisados. Conheciam bem aquela voz!

Era Maria!

Prenderam a respiração. Ela tomou a lata da mão de Matias. Um *spray*!

Depois de um instante que lhes pareceu uma eternidade, Maria sacudiu a lata. A bolinha interna que serve para misturar a tinta fez plec-plec-plec.

Sandino adorava aquele barulhinho.

Mas Maria continuava em silêncio.

Plec-plec-plec.

— De quem foi essa ideia? — ela perguntou enfim, devolvendo a lata.

— Nossa — disse Matias.

Maria sacudiu a cabeça. Aqueles dois não tinham jeito. Só faziam o que lhes dava na telha. Ela deveria ter adivinhado!

— O Labareda tem mais juízo que vocês!

A duplinha não respondeu.

— Estou muito decepcionada — concluiu Maria.

Os dois estavam mudos.

— Venham comigo.

* * *

Maria entrou no quarto.

— Vi vocês pelo circuito interno de segurança.

Sandino olhou para o monitor.

— Caramba. Hoje em dia não se tem mais privacidade.

Ela mirou os dois de alto a baixo.

— Vocês não têm vergonha?

— O NAMA não pode permitir o uso indiscriminado de peles de animais! — falou Matias. — Não vamos compactuar com a matança de inocentes!

— Isso mesmo — disse Sandino. — Lá fora está cheio de mulheres de casaco de pele!

— São os nossos convidados.

— Nossos, não — observou Matias. — Seus.

— Nossos. A festa é pra vocês, seus mal-agradecidos!

Eles não responderam. Ficaram lá, com o olho cravado no assoalho.

Maria suspirou. Pensou em tudo que tinha acontecido nos últimos dias. Seduza, o mordomo psicopata, o retorno do pai, que ela achava que tinha morrido...

Que confusão!

Matias e Sandino tinham arriscado a pele para salvá-la! Sem falar no que faziam pelos bichos, e por qualquer um que precisasse de ajuda, como o Totonho.

Quanta coisa tinha aprendido com aqueles moleques!

Ela abriu a gaveta do criado-mudo.

Plec-plec-plec.

— Para de sacudir esse *spray*, Sandino — pediu Matias.

— Não fui eu! Até já guardei a lata!

Plec-plec-plec.

Se o *spray* já estava dentro da mochila, de onde vinha aquele ruído insistente?

Plec-plec-plec.

Matias arregalou o olho. Era Maria!

— O que é isso? — perguntou o cérebro do NAMA.

— Vocês estragaram a minha surpresa.

Os dois estavam estupefatos. Maria balançava na mão outra lata de *spray*. Matias só conseguiu balbuciar:

— Você... também tem um!

— Era pra ser surpresa. Mas vocês dois são uns intrometidos mesmo!

— Pra que é que você quer isso? — perguntou Sandino.

— Dãããããã.

— Seu tonto — disse Matias. — Ainda não percebeu?

Os olhos do Sandino se fixaram na menina.

— A Maria... é das nossas — gritou ele, caindo em si.

Os dois amigos se abraçaram, radiantes.

Ela riu, o olhinho brilhando.

— Maria! Maria! — ecoaram os meninos.

Sandino e Matias bateram-se as mãos. A Maria era igual a eles!

Maria ergueu o punho fechado na saudação do grupo.

— Viva o NAMA!

— VIVA, VIVA, VIVA!

* * *

Marginal Tietê, Ponte das Bandeiras.

Três garotos e uma menina brincam na beira do rio. Outro, o mais velho, recolhe garrafas de plástico para vender.

O menor atira pedras nos ratos gordos da beirada. Leva um empurrão da garota.

— Para com isso, Bombinha!

Um ratão preto e eriçado fareja o ar. Os outros parecem inquietos, escondem-se no capim alto.

Algo se mexe dentro do rio.

— O que é aquilo?

Uma criatura emerge da água fedorenta.

Os meninos saem correndo.

O monstro escamoso ergue-se sobre dois pés.

Arreganha os dentes pontudos. A língua bifurcada sibila.

É Lady Seduza.

A água pestilenta do rio reagiu à fórmula da loção do rejuvenescimento e ela ficou daquele jeito, um mutante, meio humano, meio réptil. Uma lagartixa gigante com agilidade de cobra, garra de gavião, alma de assassino.

Durante aqueles dias, tinha se alimentado de ratazanas e carniça.

— Maria! Vocês todos, remelentos! Não perdem por esperar. Malditos!

Um urro medonho espanta os últimos ratos, que saem guinchando.

Um deles não consegue escapar. A língua do monstro o alcança em pleno salto.

E o engole numa bocada só.

— Maria, Matias, Sandino! Eu jamais vou esquecer esses nomes! EU VOU ME VINGAR!

ALMANAQUE VAGA-LUME

• Prejudicar o meio ambiente, os animais ou as pessoas para desenvolver um produto, como vimos em *Salvando a pele*, é crime, mesmo que seja uma descoberta revolucionária. E é pior ainda quando os danos causados não podem ser revertidos.

No Almanaque Vaga-Lume, você encontra informações importantes e curiosidades sobre meio ambiente, maus-tratos a animais e avanços científicos.

Limite da crueldade

Assim como a ambiciosa Lady Seduza, muitas pessoas não têm limites quando o assunto é tirar proveito da natureza... Os animais sofrem na pele com essa história que começou há quase 2,5 milhões de anos, quando o ser humano passou a caçar e se alimentar de carne de outras espécies. Muitos povos, entretanto, o faziam com respeito porque tinham medo que os deuses ficassem zangados com esse ato e se vingassem.

Mais tarde, o homem aprendeu a criar animais e negociá-los como mercadoria. Até hoje, muitos criadores não hesitam em usar métodos cruéis, desde que garantam o aumento de sua produção.

Por exemplo: grande parte das galinhas – exceto as caipiras que vêm de pequenas fazendas – é criada amontoada em granjas, com luz artificial quase o tempo todo ligada para mantê-las acordadas e assim produzir mais ovos. E não pode haver desperdício: em muitos desses lugares, os bicos das aves são cortados para evitar que elas selecionem a comida.

Com parte do gado acontece o mesmo. Os bois ficam confinados num espaço tão pequeno no qual mal podem se mexer. Os criadores fazem isso para que o animal não se exercite, e a carne fique mais macia.

Já a indústria da moda acaba exigindo o sacrifício de muitos antílopes, *visons* e tantos outros mamíferos de pelagem espessa. Só que, para não danificar a pele, os animais são mortos por envenenamento ou eletrochoque.

É de bicho? Tô fora!

O veganismo é uma tendência mais radical do vegetarianismo. Os veganos não consomem nenhum produto ou alimento de origem animal, nem usam nada que tenha sido testado em animais. Entre suas preocupações, estão a ética e o respeito aos direitos animais, procurando evitar qualquer sofrimento desnecessário. Eles não comem nenhum tipo de carne nem ovo, leite ou mel; não usam roupas de couro, lã ou seda. Essa seleção se estende a cosméticos, objetos de casa e pessoais, medicamentos, e até lazer (eles não vão a circos ou rodeios, por exemplo). Um vegano radical só tira fotos digitais, já que os filmes fotográficos são cobertos por uma gelatina retirada da canela da vaca.

Não pague o pato (ou o ganso)

O *foie gras* (pronuncia-se *foa grrrá*) é uma iguaria francesa requintada feita à base de fígado de ganso ou de pato. Para seu preparo, os animais recebem uma alimentação especial que deixa o fígado deles quase dez vezes maior do que o normal. A ração, composta basicamente de amido de milho e gordura, é literalmente empurrada até o esôfago, por meio de um cano e com a ajuda de uma bomba, três vezes por dia. O processo todo dura três ou quatro semanas. Nesse período, os animais ficam confinados em um espaço mínimo para não perderem energia. Felizmente, o *foie gras* já é ilegal em muitos países.

Cobaias: vítimas ou heroínas?

O uso de animais em laboratórios pode ser feito tanto em universidades para os alunos das áreas biológicas aprenderem anatomia quanto na indústria farmacêutica e cosmética para testes de novas drogas, perfumes e produtos de maquiagem, entre outros.

A vivissecção é uma das práticas mais comuns para analisar as cobaias. O próprio significado do termo – "cortar vivo" – mostra como o procedimento é agressivo. Mas muitos cientistas são contra testes com animais. Eles argumentam que o homem tem reações bioquímicas diferentes e, portanto, as experiências seriam inúteis. Calcula-se que 40 milhões de animais sejam sacrificados por ano em todo o mundo nos mais diversos testes.

Os cientistas que defendem esses métodos, porém, também têm bons argumentos. Em apenas 20 anos, a média da expectativa de vida mundial saltou de 46 para 66 anos. Isso, de acordo com eles, graças às vacinas, às experiências e às técnicas cirúrgicas testadas em cobaias.

Humanos na gaiola

A ciência também já impôs sofrimento a muitos seres humanos. Há 2.300 anos, o médico grego Herólifo, considerado o pai da anatomia, dissecou muitas pessoas vivas para descrever o funcionamento dos nervos e dos órgãos do corpo humano. Já entre as décadas de 1930 e 1940, durante o Holocausto, cientistas alemães também usaram pessoas, sobretudo judeus, como cobaias. Foi durante o regime nazista de Adolf Hitler. As barbaridades incluíam infectar pessoas com bactérias e vírus como tifo, varíola, cólera, difteria; testes em tanques com água gelada e em câmaras de baixa pressão, e operar e amputar órgãos de seres humanos sem necessidade.

Consumidores vigilantes

A pressão de grupos ambientalistas já surtiu resultados. Alguns países impuseram restrições aos testes e muitos fabricantes de cosméticos não usam mais coelhos em suas experiências. O consumidor tem um papel muito importante mesmo sem ser ligado a nenhum grupo ativista. Uma dica é escolher cosméticos que tragam na embalagem o selo indicando que não foram testados em animais. Outra preocupação dos consumidores ecologicamente corretos é pesquisar a história da empresa e ficar atento para ver se ela não está sendo processada por danos ao meio ambiente.

Dos pacíficos aos ecoterroristas

Assim como Sandino e Matias, muitas pessoas têm tomado uma postura ecologicamente consciente. Mas os problemas ambientais crescem, infelizmente, em maior proporção. Diante de tamanho desequilíbrio, o protesto é um direito legítimo exercido pelos ativistas ecológicos como forma de chamar a atenção da sociedade.

Há diversas maneiras de realizar um protesto. As manifestações pacíficas procuram chamar a atenção para as agressões ao meio ambiente sem ferir os princípios éticos. O Greenpeace é um representante dessa linha de atuação.

Já para os mais radicais, chamados de "ecoterroristas", vale tudo na luta contra a violência à natureza, inclusive o uso da violência. Entre as organizações ambientais que usam ou já empregaram táticas extremas, destaca-se o norte-americano PETA (Pessoas pela Ética no Tratamento de Animais), um dos maiores grupos de defesa dos direitos animais do mundo. Os ativistas do PETA ficaram famosos por "atacar" pessoas que usam peles de animais nas ruas ou em desfiles de moda, entre outras ações.

A Sea Shepherd é outra organização do gênero, que costuma arremessar sua embarcação contra baleeiros em alto-mar e já afundou vários deles. Mais radicais, a Frente de Libertação da Terra (ELF) e a Frente de Libertação dos Animais (ALF) já incendiaram casas em bairros onde há vida silvestre e depredaram lojas de uma rede de *fast-food* porque acreditam que todos devem ser vegetarianos.

Quando um protesto passa dos limites

Muitas vezes, os exageros podem prejudicar a defesa de uma causa. Ideias como as do médico americano Jerry Vlasak, que acha "moralmente aceitável" o assassinato de cientistas que utilizem animais como cobaias em testes de laboratório, e de outros ativistas que usam a violência extrema como arma de protesto não são bem-vistas pela sociedade em geral. Ações assim podem acabar afastando as pessoas, em vez de fazê-las simpatizarem com a causa e aderirem à defesa dos direitos dos animais.

Desafiando as leis

Ao ficar cinco dias preso por participar de um protesto contra o uso de peles de animais em Los Angeles, Sean Gifford, diretor de campanhas do braço europeu do PETA, questionou a detenção na Justiça e acabou com 20 mil dólares de indenização no bolso. Histórias polêmicas não faltam no currículo de Gifford e de outros ativistas do PETA. Ele e dois colegas (um deles vestido de vaquinha) planejaram tombar um caminhão de esterco na frente de um evento de produtores de carne na Escócia. Apesar de, no final da história, a quantidade de esterco derramada ter sido ínfima, os ecoterroristas acabaram na delegacia.

A Era da Biotecnologia

Em *Salvando a pele*, o Grupo Borromeo contrata um cientista para desenvolver uma loção da eterna juventude. Ao longo da história, ele demonstra pouca ou nenhuma ética, visando apenas o lucro.

Mas existem pesquisadores sérios e comprometidos com o desenvolvimento da ciência. O recente mapeamento do genoma humano, por exemplo, abriu caminho para o diagnóstico precoce de doenças, tornando possível o tratamento preventivo de patologias como o câncer e a diabetes.

Outras descobertas, como os alimentos geneticamente modificados, ainda dividem os cientistas. Criados nos anos 1980, os transgênicos são organismos (vegetais ou animais) que tiveram o gene de outra espécie introduzido no seu DNA – molécula que contém informações necessárias para formar um ser vivo. Os defensores dos transgênicos argumentam que essas sementes são mais resistentes, aumentam a produtividade e a oferta de produtos, provocando a queda dos preços. Os contrários questionam sobre o impacto do consumo na saúde humana e do cultivo no meio ambiente. Estudos que comprovam o quanto eles podem ser danosos ainda são insuficientes.

Genes mutantes em ação

Mutações genéticas acontecem em todos os seres vivos. Mas pode ficar tranquilo: mutação não é sinônimo de anormalidade, e você não corre o risco de se transformar em um monstro como a Lady Seduza.

Todo mundo nasce com mais ou menos 300 alterações no material genético herdado dos pais. Elas acontecem na hora que as células estão se duplicando, e é isso que garante a diversidade da espécie humana. No entanto, algumas modificações podem ser prejudiciais. Alguns tipos de genes mutantes são responsáveis por doenças relacionadas a altas taxas de colesterol, outros deixam a pessoa suscetível ao câncer de pele e assim por diante.

Picolé de gente

Com a esperança de que, no futuro, a ciência pudesse ressuscitá-lo, o pai de Maria, Dr. Saulo Borromeo, exigiu que seu corpo fosse congelado depois de morto.

Parece exagero de ficção, mas muitas pessoas, apostando nessa ideia, fizeram o mesmo. Pelo processo de criogenia (manutenção de um corpo em baixas temperaturas), elas esperam que os cientistas descubram uma forma de descongelá-las e dar-lhes novo sopro de vida.

Atualmente, a criogenia é usada para conservar sangue, células e tecidos usados em transplantes e transfusões.

Fonte de pesquisa: revista *Superinteressante*.

Mario Teixeira

"O *Salvando a pele* vem sendo escrito fora do papel há muitos anos, desde que eu tinha a idade de vocês e li os livros do Sítio do Picapau Amarelo e as fábulas de La Fontaine, onde os bichos pensam, têm sentimentos, gripe e dor de dente.

O livro nasceu da minha preocupação com a natureza. No futuro, periquitos e gatos talvez estejam extintos! Um copo d'água pode vir a custar mais que um carro novo! E se houver reencarnação? Vou reviver como um marisco num mar gelatinoso? O que será de um molusco daqui a cem anos? Nascerá ele dentro do globo ocular de um elefante?

Quando se trata do meio ambiente, não faz diferença se você é uma pessoa científica ou religiosa. Todo mundo precisa respirar e comer.

Nasci em São Paulo, na Vila Mariana. Fui um moleque que queria nadar no rio Tietê. Se tivesse feito isso, vocês não estariam lendo esse livro. Em compensação, passava as férias de fim de ano na savana de Roraima, terra da minha mãe, e as de julho no sertão do Ceará, de onde veio meu pai. Tive a sorte de crescer entre mundos muito diferentes.

No meio do caminho, conheci Marcos Rey, nosso velho amigo aqui da Vaga-Lume. Ele me ensinou a importância de não ficar enrolando quando a gente escreve, me mostrou que é legal dar uma boa risada para espanar o pó da estante. Um tempão depois, a conselho dele, fui trabalhar na televisão, onde estou até hoje, na TV Globo – o que é o máximo, porque eu posso ver as minhas palavras transformadas em imagens, como se fosse mágica. Escrevo novelas e adaptei o *Sítio do Picapau Amarelo*, como ele fez. Agora estou publicando o meu primeiro livro na Vaga-Lume, que era praticamente a casa dele.

Guardo um livro com a dedicatória: 'para o Mario, meu mais jovem velho amigo'. O Marcos me ensinou que cada personagem é um camarada, e que cada livro que a gente lê é um universo em si, com sua fauna, sua flora particular. E todos eles, com a nossa experiência, vão compor um mundo melhor pra gente viver."